けいじら

叶兆言短篇小说编年·珍藏版

吴菲和吴芳姨妈

叶兆言 著

人民文学出版社

图书在版编目(CIP)数据

吴菲和吴芳姨妈/叶兆言著.—北京：人民文学出版社，2022
(叶兆言短篇小说编年：珍藏版)
ISBN 978-7-02-017218-4

Ⅰ.①吴… Ⅱ.①叶… Ⅲ.①短篇小说-小说集-中国-当代 Ⅳ.①I247.7

中国版本图书馆 CIP 数据核字(2022)第 099388 号

责任编辑　朱卫净　杜玉花　邰莉莉
装帧设计　钱　珺

出版发行　人民文学出版社
社　　址　北京市朝内大街 166 号
邮政编码　100705

印　　刷　凸版艺彩(东莞)印刷有限公司
经　　销　全国新华书店等

字　　数　160 千字
开　　本　787 毫米×1092 毫米　1/32
印　　张　10
版　　次　2022 年 8 月北京第 1 版
印　　次　2022 年 8 月第 1 次印刷

书　　号　978-7-02-017218-4
定　　价　69.00 元

如有印装质量问题，请与本社图书销售中心调换。电话：010-65233595

目录

蒙泰里尼
1

写字桌的一九七一年
17

茉莉花香
36

紫霞湖
60

美女指南
79

再痛也没关系
102

魅影的黄昏
123

失踪的女大学生
142

赤脚医生手册
163

江上明灯
182

滞留于屋檐的雨滴
203

布影寒流
218

舟过矶
240

炮山鸡
253

吴菲和吴芳姨妈
270

红灯记
291

后记
313

蒙泰里尼

记忆总是靠不住，小说家契诃夫逝世，过了没几年，大家为他眼睛的颜色争论不休，有人说蓝，有人说棕，更有人说是灰色。同样的道理，历史也靠不住，有人进行了认真研究，考证出胡适先生并没说过那句著名的话，他并没有说"历史是个任人打扮的小姑娘"。但是我们更愿意相信，胡适确实是说过这句格言，有些话并不需要注册商标，谁说过不重要，大家心里其实都明白，历史这个小姑娘不仅任人打扮，而且早已成为一个久经风尘的老妇人。

一九七四年初夏，我高中毕业了，接下来差不多有一年时间，都在北京的祖父身边度过。这时候，我读完了能见到的所有雨果作品，读了几本爱伦堡的《人，岁月，生活》，读海明威读纪德读萨特，读帕斯捷尔纳克的《日瓦格医生》，读了一大堆乱七八糟的东西。我胡乱地看着书，逮到什么看什么。事实上，北京的藏书还没有南京家中的多，我小小年纪，看过的世界文学名著，已足以跟博览群书的堂哥三午吹牛了。

这一年，民间正悄悄地在流传一个故事，说江青同志最喜欢大仲马的《基督山恩仇记》。记得有一阵，我整天缠着三午，让他给我讲述大仲马的这本书。三午很会讲故事，他总是讲到差不多的时候，突然不往下讲了，然后让我为他买香烟，因为没有香烟提精神，就无法把嘴边的故事说下去。这种卖关子的说故事方法显然影响了我，它告诉我应该如何去寻找故事，如何描述这些故事，如何引诱人，如何克制，如何让人上当。

也许《基督山恩仇记》就藏在三午身边，否则你不得不佩服他的记忆力，我们都知道，栩栩如生地把一个故事复述出来并不容易。我为基督山伯爵花了不少零用钱，三午是个地道的纨绔子弟，有着极高的文学修养，他不仅擅于说故事，还常会写一些很颓废的诗歌。我不止一次跟人说过，谈起文学的启蒙，三午对我影响要远大于我父亲，更大于我祖父。

三午是位很不错的诗人，刘禾女士主编的《持灯的使者》收集了《今天》的资料，其中有一篇阿城的《昨天今天或今天昨天》，很诚挚地回忆了两位诗人，一位是郭路生，也就是大名鼎鼎的食指，还有一位便是三午。这两位诗人相对北岛多多芒克,差不多可以算作是前辈,我记得在一九七四年,三午常用很轻浮的语气对我说,谁谁谁写的诗还不坏,这一句马马虎虎,这一句很不错,一首诗能有这么一句,就很好了。

关于三午,作家阿城回忆八十年代的文章里有这么一段,很传神:

> 三午有自己的一部当代诗人关系史。我谈到我最景仰的诗人朋友,三午很高兴,温柔地说,振开当年来的时候,我教他写诗,现在名气好大,芒克、毛头,都是这样,毛头脾气大……

振开就是诗人北岛,毛头是诗人多多,而芒克当时却都叫他"猴子",为什么叫猴子,我至今不太明白。是因为他一个绰号叫猴子,然后用英文谐音给自己起了一个笔名,还是因为这个笔名,获得了一个顽皮的绰号。早在一九七四年,我就知道并且熟悉这些后来名震一时的年轻诗人,就读过和抄过他们的诗稿,就潜移默化地受了他们的影响。"希望,请不要走得太远,你在我身边,就足以把我欺骗。"除了这几位,还有许多稀奇古怪的人,有画画的,练唱歌的,玩音乐的,玩摄影的，玩哲学的，叽哩呱啦说日语的，这些特定时期的特别人物，后来都不知道跑哪去了。

有一个叫彭刚的小伙子给我留下很深刻印象，他的画充满了邪气，非常傲慢而且歇斯底里，与"文化大革命"的大气氛完全不对路子。在一九七四年，他就是凡高，就是高更，就是莫迪里阿尼，像这几位大画家一样潦倒，不被社会承认，像他们一样趾高气扬，绝对自以为是。新旧世纪交汇的那一年，也就是二〇〇〇年十二月，在大连一个诗歌研讨会的现场，我正坐那等待开会，突然一头白发的芒克走了进来，有些茫然地找着自己的座位。一时间，我无法相信，这就是二十多年前见过的那位青年，那位青春洋溢又有些稚嫩的年轻诗人。会议期间，我们有机会聊天，我问起了早已失踪的彭刚，很想知道这个人的近况。芒克告诉我彭刚去了美国，成了地道的美国人，正研究什么化学，是一家大公司的总工程师，阔气得很。

一时间，我不知道说什么才好，就好像有一天你猛地听说那个踢足球的马拉多纳，成了一个弹钢琴的绅士，成了一个优雅地跳着芭蕾的先生，除了震惊之外，你实在无话可说。

除了写一些很颓废的诗歌，三午还幻想着要写小说。当作家是他从小就有的梦想，他很羡慕我父亲的职业。父亲是一名职业编剧，虽然也没编出什么了不起的剧本，可是坐在家里就可以拿工资，不用像他那样，靠泡病假才能不去农场上班。

"人生如果能像叔叔那样，"三午不无感叹地说，"成天名正言顺地在家待着，不用看人脸色，这样多好！"

三午认为作家中最牛的就是诗人，然后是小说家，最后才是编剧。虽然诗人的地位最牛，三午又认为小说家更厉害，因为小说家必须身兼两者之长，既要有诗人的激情，又要有编剧会说故事的能力。基于这样的认识，他决定要从诗人的神坛上走下来，正经八百地准备写小说。当然，既然要写，那就应该是长篇小说，世界名著基本上都是大部头，《战争与和平》有四卷，《悲惨世界》有五卷，《人间喜剧》就更多了，甚至没有人能说出它究竟有多少本。长篇小说才是文学殿堂的正宗，短篇和中篇都是一些故事，三午觉得伟大的小说可不能仅仅只是故事。

从准备写小说，到开始写小说，有一段非常漫长的路。有一段日子，三午绘声绘色地说了一段基督山伯爵，然后就接着兜售自己的私货，向我描述他准备要写的那个长篇小说。他踌躇满志，神气活现，已经开始准备提纲了，不断地进行人物分析，琢磨故事的走向，一次次推倒重来。在三午看来，大仲马的故事的确很好玩，很吸引人，然而还算不上最顶尖。用今天的话说，大仲马是个不错的作家，却远远谈不上第一流，还算不上什么文学大师。在三午眼里，世界上最伟大的作家是俄国的托尔斯泰，是俄国的陀斯妥耶夫斯基，是法国的雨果和巴尔扎克。十九世纪显然要比二十世纪更厉害，青出于蓝未必就胜于蓝，生姜还是老的辣，在二十世纪作家中，他能看上的只有两个人，一个美国的海明威，一个是德国的雷马克。

在一九七四年，正是"四人帮"最得意的时候，林彪早已经垮台了，有一些老干部开始恢复工作，然而明显受到了"四人帮"势力的打压。整个社会风气还是非常的左，文化氛围更像是没有绿地的沙漠，当时最流行的词是批林批孔，是反对复辟倒退和右倾回潮。那段时间，我百无聊赖，时间都花费在两个人身上，一个是老人，是我八十岁的祖父，还有一个泡病假在家的闲人，也就是这位堂哥三午。大家都是无事可做，时间多得恨不能拿来送人。

有一天，在南京的父亲寄了一大包新书过来，是一堆当时刚出版的文学丛刊《朝霞》。自从"文革"开始，文学这词开始变得陌生，成天都是运动，好像已没有人再写小说了。《朝霞》意味着一个新的开始，父亲的意思很明显，大约是想让我们与时俱进，了解一下活生生的当代文学，让我们知道什么才是最新的文学潮流。然而无论是年逾八十的老祖父，还是我这高中毕业在家的小伙子，对"四人帮"时期的创作都没有一点兴趣。我们都是匆匆地翻了翻，就把那堆新书扔到一边，再也不想去碰它们。

然而三午却表现出了极大的热情，他一本接一本仔细地看，一边看，一边不时冷笑。在吃饭桌上，他笑着向祖父汇报，讲述自己看到的某些有趣的内容。三午的最大能耐，就是能够把很多很无趣的玩意儿，通过描述，通过适当的加工，把不好玩变得好玩，把无趣变得有趣。这一堆崭新的《朝霞》丛刊给了三午极大的信心，他不止一次地笑着对我吹嘘，也不止一次对那些前来串门的狐朋狗友扬言，说自己即将要写的那个小说，比《朝霞》不知道强多少倍。俗话说，知己知彼，方能百战不殆。俗话又说，有比较才有鉴别，有鉴别才知道好坏。经过一番认真的比较和鉴别，三午得意扬扬地宣布：

"这些破玩意儿如果也是小说的话,那我要写的,恐怕就不是小说了。"

那一段时间,与三午来往最密切的是毛头。毛头要比三午小九岁,比我大六岁,他三天两头会来,来了就赖在了长沙发上不起来,跟三午聊不完的诗,谈不完的音乐。他们两个聚在一起,颇有些英雄相惜的意思,都喜欢写诗,都喜欢音乐,都死皮赖脸地泡长病假。就在三午兴致勃勃打算要写小说的那几天,毛头也不知跑哪去了,起码有一个多月不见踪影。终于毛头来电话了,问三午有没有某个女孩子的消息。

三午迫不及待地说:"别光想着什么女孩子了,毛头你这是怎么回事,怎么也不上我这儿来玩了,哥有点想你了。"

毛头就在电话那头嚷嚷,说:"想什么呢,是不是还惦记着让我请你涮羊肉,三午,不是我要说你,就你那吃相那德性,我真不知道说什么好。"

"不吃涮羊肉,"三午挺了挺腰,说,"哥要大干一场,要写小说了。"

毛头没听清楚:"什么,谁写小说?"

三午对着电话大喊:"谁?我,我叶三午!"

毛头总算来了,三午急吼吼地向他讲述自己要写的小说,这个故事已跟周围的人唠叨过许多遍,最后又在我眼皮底下,又兴致勃勃地说给毛头听。在一开始,毛头似乎还有些勉强,懒洋洋坐在那儿,无精打采,渐渐地人坐直了,开始聚精会神。

三午终于说完了故事的梗概。

毛头怔了一会儿,不甘心地问:"完了?"

三午很得意,说:"完了。"

毛头沉默了一会儿,短暂的沉默让三午有些发怵,有些紧张,他一直觉得毛头才是知己,眼光独到,最能够理解自己的想法。

毛头突然从沙发上跳起来,说:

"你小子行呀,这个我怕是得向你致敬,你太他妈有救了,这绝对棒,三午,你一定得写出来。"

三午花了很多时间,准备写他的小说,没完没了地列提纲,找资料,不时地写一点小片断。不过,总是改不了说得多、做得少的毛病,和许多心目中的美好诗篇一样,三午的这部小说最后没有写出来。人们想写的好小说,永远比实际完成的要少得多。

时至今日,我仍然还能清晰地记得那个故事梗概,一名老干部被打倒了,落难了,回到了自己当年打游击的地方，从庙堂又回落到江湖。老干部非常惊奇地发现，有一位年轻人对他尤其不好，处处都要为难他，随时随地会与他作对。老干部想不明白这是为什么，他忍让着，讨好着，斗争着，反抗着，有一天终于逼着年轻人说了实话。年轻人很愤怒地说，你身上某部位是不是有个印记，说你还记不记得当年的战争年代，还能不能记得有那么一位姑娘，在你落难的时候，她照顾过你，她爱过你，把一切都给了你，可你对她干了什么，你摸着自己的良心想一想，你究竟干了什么。这位老干部终于明白了，原来这位年轻人是自己的儿子，是他当年一度风流时留下的孽债。年轻人咬牙切齿地说，你把衣服脱下来，你脱下来，脱呀。老干部心潮起伏，他犹豫再三，终于在年轻人面前脱光了自己，赤条条地，瘦骨嶙峋地站在儿子面前，很羞愧地露出了隐秘部位的印记。

三午要写的小说精华，就在于这个充满戏剧性的结尾。在一九七四年，打算写这样的小说，真有些骇人听闻。可以这么说，因为喜欢和陶醉这个结尾，因为觉得结尾很牛，三午才决定要写这部长篇小说。他所做的所有努力，就是为了在最后的关键时刻，在冲突到达最高潮，如何戏剧性地打开藏在结尾的这张底牌。三午说，写小说就像变戏法一样，不能让别人知道你的底牌，可是你自己的心中，却一定要牢记这张底牌，记住了底牌，你才知道怎么写，你才知道写什么。

如何塑造这位老干部，让三午煞费苦心。如果是去描写一个老知识分子，这个倒不是很难，身边就有许多现成的例子。三午熟悉的只是高干子弟，在一九七四年，在"文革"的背景下，三午要写的小说是标准的异类，是典型的不合时宜。这时候的老干部其实是一个中性词，谈不上太坏，也谈不上多好。同样中性的还有造反派，有些造反派出身的人，当了高官，譬如王洪文，但是实际生活中，一会儿这样运动，一会儿那样运动，绝大部分的造反派都已经被整倒了，譬如南京的造反派领袖，基本上都是"五一六"分子。什么是"五一六"呢，打一个不恰当的比譬，"五一六"就是"文革"中的右派，就是一个莫须有的罪名，说你是，你就是。

一九七四年的水是浑浊的，思想是混乱的，人心是惘然的。三午开始胡乱翻书，研究各式各样的革命回忆录。他给我父亲写信，让父亲把厚厚一叠的《红旗飘飘》寄给他，这一套书一共有十六本，我早在读初中的时候就已读完了。三午的计划显得十分庞大，他做出要研究革命历史的样子，然而虎头蛇尾，很快就不了了之。那么多的《红旗飘飘》两天工夫就翻完了，对于他来说，这些回忆录完全没有实用价值。

三午开始打着为人介绍对象的幌子，有意识地接触那些高干子弟。有些人本来就是他的朋友，三午将他们一个个哄来了，跟他们胡吹海侃，诱使他们说一说自己父亲的故事。有一位大眼睛美女成了三午的最好诱饵，这丫头出身贫寒，一门心思就想嫁入豪门。那一段日子，有好几位衙内落入了三午的圈套，他们对美女一见钟情，都渴望能跟她谈上恋爱。那年头并不像现在这么开放，直奔主题还不太流行，大家碰在一起，更多的时候都是在说空话。作为拉皮条的介绍人，三午的谈话十分赤裸裸，听上去甚至有些流氓。有时候更像个教唆犯，他振振有辞高谈阔论，谆谆告诫那些干部子弟，说过分地利用家庭背景去追求女孩子固然不对，然而存在毕竟是决定了现实，一点都不知道利用，有光不借，有便宜不占，也同样是不聪明不理智。这位美女很有点没心没肺，她会拉手风琴，保留节目便是一曲《多瑙河之波》，然后再跟男孩子比试手劲，因为拉手风琴的人，手上十分有劲，那些男孩通常都很为难，输给美女心有不甘，赢了她又怕她恼怒。

一位高官的小儿子林某赖在三午客厅里不肯走，他长得很瘦小，很黑，戴一副很深的眼镜。很显然，郎有意来妹无情,剃头挑子一头热,尽管他爹是一位正省级的大员,刚恢复工作不久,美女似乎还看不上他,已经找借口先一步离去了。三午并不喜欢这位又黑又瘦的林某,然而觉得他的身世与自己要写的小说有几分相似,便忍不住对他刮目相看。林某的父亲前后娶过三个老婆,老人家功成名就,有名誉有身份有地位,而且还有女人缘,这些都让三午异常羡慕。

三午很认真地问林某,能不能说说他父亲的第一个老婆,能不能说说她是怎么样的一个女人。林某对这个问题毫无兴趣,说他不知道这个女人,说他从来没见过她。他显得有点垂头丧气,蜷缩在沙发的一角,问一句,答一句,不问他就什么都不说。三午又让他谈谈自己的母亲,林某的母亲是他父亲的第二个老婆,对于这个话题,他仍然不愿意回答,因为过去的许多年,他都是跟着父亲生活,对生母同样所知甚少。三午急了,说那就说说你的父亲吧,说说你父亲的身世。

林某不屑地说:"有什么好谈的。"

三午死于一九八八年的冬天,莫名其妙的一场恶性痢疾,夺去了他的生命。多少年来,我一直忘不了三午这部未写的小说,当然更忘不了,是他打算写这篇小说时的各种神态。写作会让人得意忘形，会给人莫名其妙的激情。他总是没完没了，不断地心血来潮，而我这个小了十五岁的堂弟，不知不觉地就成了唯一的听众和看客。

历史有很多可能，小说也有很多可能。为了安排老干部私密部位的印记，三午搜肠刮肚绞尽脑汁。很显然，这个男人身上必须有一些特别的地方，也许那玩意儿上应该有颗黑痣，就生长在包皮上，平时看不出，非要在勃起的时候才能凸显。或者是那货色巨大，用行话说，就是有非常厉害的本钱，绝非普通人能所有。那位村姑为了养活儿子，肯定经历过许多男人，有了比较，她发现无论是谁，都没办法和他相比。这是按照女子不得不堕落的路子写，当然还有一种可能，村姑自己身上就有什么特殊记号，她应该是个纯洁贞洁的女子，为他守了一辈子的活寡。解放后，这个女人曾带儿子去北京看过那个负心的男人，看他过得非常好，就没有再忍心骚扰。

上世纪八十年代的三午，再也不用泡病假，他干脆病退在家，也不需要去上班了。"四人帮"已粉碎好多年，这期间，我做过四年小工人，上了四年大学，当了一年大学老师，又读了三年研究生，开始写小说和发表小说。也不过就是十多年时间，作为当时的见证人，有机会再次谈起三午打算要写的那个小说，我们都觉得恍如隔世。这时候，三午的背已经驼得非常厉害，枕头边放着的是克里斯蒂的侦探小说，是全套香港版的金庸小说，还有两本刺眼的《花花公子》杂志。他仍然还保持着与高干子弟的交往，诗早就不写了，小说本来也没写，音乐还在听，不停地变换音响设备。因为改革开放，开始源源不断地有外国人来家里做客，三午仍然改不了喜欢拉皮条的毛病，我在他的客厅里不止一次见到非洋人不嫁的女孩，不过姿色都很平庸，完全不能与十多年前那个会拉手风琴的美女相比。

　　三午和我又一次谈起当年那个没写出来的长篇小说，它甚至都没有一个正式的名字，有一段时间，无论是准备写小说的三午，还是希望能看他写小说的我，都把这部未完成的作品称之为"蒙泰里尼"。蒙泰里尼是英国小说《牛虻》中那位神甫的名字，这小说在"文革"前和"文革"中一度很流行。很显然，在一开始，这就是一个弑父的故事，也是一个讲述父爱的故事，说白了就是一个"文革"版的《牛虻》，就是一个"文革"版的《雷雨》。

　　三午和我都认为写这小说的最佳时机，就是"文革",就是"文革"后期的那段空闲日子。对于三午来说,相对于后来,那才更像是黄金岁月。"文革"没有了,思想禁锢没有了,故事也就跟着失去意义,也就没必要再写。时过境迁,进入八十年代的三午有些气馁,很不得志,仿佛还活在十多年前,活在"文革"憋屈的气氛中,他不无牢骚地对我抱怨,说当年在《朝霞》上写小说骂邓小平的那些家伙,现如今摇身一变,一个个成了当红小说家,偷偷学写地下诗的那帮兄弟,像振开,换了个名字北岛,名气也变大了,毛头干脆改写小说,他天生是诗人,写小说怎么能写好。当然还有一句话,三午一直藏在心里,有一天终于憋不住,看完我在《收获》上发表的一篇小说,他叹气说:

"想当年你跟在后面,看我怎么写小说,现在倒好,正儿八经写小说了,你说这叫他妈的什么世道,这叫什么事呀。"

二〇一〇年八月三十一日　河西

写字桌的一九七一年

1

一九七一年的春天，经过一再商量，父亲和母亲终于下决心，要去吴凤英家讨回那张写字桌。那时候，刚从劳动改造的牛棚里放回来，罪行已经清算，问题还没最后解决，还没有被解放。母亲每天要去打扫公共厕所，父亲呢，因为会写文章，一直是单位的笔杆子，就让他戴罪立功，为剧团赶写剧本。那时候，剧本都是集体创作，所谓集体创作，就是大家在一起议论，扯出一个具有时代特色的大纲，然后由某个倒霉蛋执笔，把各方的观点综合搭配，硬编出一台戏。

父亲就是这样的倒霉蛋，那时候的剧本都样板戏风格，都高大全，都左得离谱。故事不重要，人物也是现成，大量精力都花在唱词上。写唱词是一门手艺，既要俗，又不能太俗，很多人写不了。这差事就落到父亲手上,他是个右派,这种人搁"文化大革命"中,基本上死老虎,是死狗,谁都会欺负,谁都可以在他身上踏上一只脚。

万念俱灰的人最容易老实,人生之哀,莫过心死,也最怕心死。在"文革"中,老实人并不吃亏。吃亏的是我母亲,她是剧团的小领导,名演员,第一号女主角,此一时彼一时,运动来了,挨打的是她,戴高帽子游街的是她,最先关进牛棚完全失去自由的,也还是她。事实上,想要这张桌子的是父亲,下决心去讨回的却是脾气倔强的母亲,一向谨小慎微的父亲没那个胆子。

那天,早在打扫厕所的时候,母亲就把准备要说的话,反复演练了无数遍。吴凤英正好来上厕所,刚冲洗过的地还是湿的,她身上正好刚来女人的玩意儿,在隔间里磨蹭了很久。母亲忐忑不安,不知道此时商量写字桌的事是否合适。吴凤英从头到尾没正眼看过母亲,隔间的小木门一直敞开,根本无视母亲的存在。吴凤英曾是母亲的得意徒弟,在剧团里混,师道十分尊严,向来讲究师承关系,轰轰烈烈的"文革",把一切都搞乱了。老师一个个成专政对象,学生和弟子都是造反派和革命群众。

母亲很耐心地等她离去,重新冲洗打扫,回家换了身衣服，才跑到隔壁敲门。开门的是吴凤英老公，他不明白母亲要干什么，母亲也不知道该如何跟他说话。这时候，吴凤英过来了，板着脸问有什么事。

母亲犹豫了一会儿，很紧张：

"跟你商量个事，我、我想把我们家的那桌子要回去。"

门开着，母亲指了指不远处的写字桌，赔着笑："就那张桌子，就那张。"

吴凤英夫妇相互看了一眼，不说话。

隔了一会儿，吴凤英冷冷问了一句："为什么？"

母亲被理直气壮的"为什么"问住了，她想到了吴凤英会断然拒绝，事先准备好的一番台词，根本就来不及说。吴凤英果然一口拒绝，没有丝毫商量余地，还没等母亲解释，连珠炮似的开火了，火力很猛，打得母亲哑口无言，抬不起头来。吴凤英的理由很简单，写字台是这房间的一部分，她才不管它是谁的，既然拥有了这个房间，自然而然也就是这张写字桌的主人。

母亲黯然离开，父亲预料到会有这结局，连忙安慰，说没有写字桌，照样可以写剧本。如今这个年头，能让他写剧本就已经不错了，少了一张写字桌，又有什么关系。母亲很后悔，后悔当初腾房间，没想到把写字桌搬过来。吴凤英住的地方原本是我们家书房,"文革"一闹革命,一批一斗,被迫让出了那间房间,因为年轻人要结婚没房子。让出房间的时候,那张写字桌没挪地方,一是为了偷懒,二是父亲早已心死,根本没想到还会有再能写作的一天。

既然吴凤英拒绝归还,父亲又急着要用,只好请人重新打一张写字桌。也不知从哪找了一个木匠,年纪不大不小,一本正经地问要什么式样。父亲也说不清楚,把木匠拉到隔壁,在吴凤英夫妇的白眼下,请他照葫芦画瓢。木匠上上下下看了几眼,十分不屑,说了一大堆话,如何过时怎么不好,然后拍着胸脯,说你们不要再管了,这事交给我,保证给你们打一张最新款式的写字桌。

很快,一张时髦的写字桌打好了,枣红色的油漆,式样无与伦比丑陋。新未必好,有时候很不好。温故而知新,因为新,才知道旧的好。首先是太小,尺寸小,小家子气,怎么看都别扭。新写字桌的抽屉,从一开始就有严重问题,不是关不上,就是拉不开。好在抽屉不多,侧面有扇小门,可以上锁,这是父亲唯一满意的地方,他可以将《金瓶梅》一类的图书都锁在里面。

2

一九七一年，我十四岁，有些事懂了，很多事还不太明白。"文革"祸乱十年，这一年正好居中，还得有五年才能最后结束，"四人帮"还在横行。到秋天，林副主席出事，他的飞机从天上掉了下来。母亲被宣布解放，这意味着她再也不用去打扫厕所。风水已开始轮流运转，造反派接二连三倒霉，老干部们一个个重新恢复工作。

对于我们家来说，一九七一年是"文化大革命"的剪影，这一年相当于十年。"文革"从来不是铁板一块，是个逐步的过程，遭罪的人各式各样，此起彼伏昏暗漫长，充满了后人难以理解的戏剧性。很快，扣发的工资补发了，吴凤英也接到了搬家通知，要把占据的房子让出来，重新还给我们。她当然不是很高兴，搬离时，执意要将那张写字桌带走。母亲不答应，说这是我们家的东西，你不能带走。吴凤英也不答应，说过去的过去是，现在早就不是了。于是吵起来，大家嗓门都很高，母亲不顾一切，吴凤英气势汹汹。

父亲胆小怕事，在一旁和稀泥，劝架，说算了算了，桌子我们不要了，反正也有了一张新的写字桌，不就是写写字吗，让她拿走好了。

母亲咬牙切齿,说:"她非要要,我可以把这张新的给她。"

吴凤英不依不饶,说:"新不新跟我没关系,我还就认定是它了!"

最后,还是把那张写字桌带走了,母亲非常委屈,非常悲伤,非常愤怒。接下来大约一个月,母亲钻进了牛角尖,三番五次地非要把写字桌讨回来。吴凤英呢,也憋着一口气,就是坚决不还。那时候当家做主的是工宣队和军代表,请他们出来评理,也断不出一个是非。

吴凤英坚信工宣队军代表站在自己一边,她警告母亲说:

"你不要太猖狂好不好,刚解放,就想反攻倒算?"

很多年以后,我仍然忘不了母亲当年的执着,为了要回这张写字桌,她真的有些不屈不挠,成天唠叨。那时候,父亲常常是她数落的对象,因为他根本不在乎这张写字桌。父亲的无所谓态度让母亲很恼火,很显然,吴凤英的话深深地伤害了她。在母亲看来,只要不把属于自己家的写字桌要回来,她就还没有真正地被解放,就继续处于水深火热的隔离审查之中。

我印象中最深刻的一九七一年,不是林彪事件,不是母亲还在打扫厕所,不是被解放,不是年底突然又当上了革命委员会副主任,而是她一直在念叨,反复提到那张被吴凤英带走的写字桌。她把怨恨都集中到了父亲身上,嫌他太无能,明明是自己的东西,却又不敢把它给要回来。正是因为他太胆小怕事,吴凤英才会这么猖狂。

母亲不惜用最恶毒的话来刺激父亲,说:

"你当了右派,我埋怨过一句吗,没有,我知道那是犯错误,是犯了不小的错误,是很大的错误。犯错误就是犯错误,犯了,就要认,我们可以改。这桌子不同,这桌子不一样,这是自己家的东西,吴凤英她凭什么要拿去,凭什么?"

母亲想不明白父亲为什么不在乎,父亲也想不明白母亲为什么会那么在乎,会把一张写字桌看得那么严重,竟然比丈夫打成右派还可怕,比"文革"初期的戴高帽子游街还不能忍受。无论母亲如何喋喋不休,父亲都不还嘴,他默默地承受着,时不时还傻笑。

3

被母亲骂得不敢还嘴,父亲便找借口溜出去散步,有时候还带着儿子。围绕这张写字桌,他断断续续地跟我讲过好几个版本的故事,每次都有不同的侧重点。

故事一,这桌子的起源。很多年前,在乡间教书的祖父还年轻,苦于没有地方写字,找了当地一位老木匠,想打张桌子。老木匠说,我正好有段梧桐木,藏了很多年,一直等识货的人来,今天我们既然有缘,我先跟你说说这桌子该是什么样子,你听了不满意,可以提意见。老木匠开始给祖父上课,说了一大堆应该如何,必须怎么样。不能高,不能低,膝盖上方不能有抽屉,两旁要分得开,要留下足够的空间,上下左右都得宽松。一句话,读书人最讲究一张桌子,不能有丝毫马虎。见老木匠非常认真,祖父便样样都依他,说好包工包料,一桌一椅八块大洋。隔了一月,桌椅都不见影子,跑去看,阴暗的角落堆着一排木板。没等开口问,老木匠解释说木料放了多年,里面还有点湿,现在就做,以后还会有裂缝,会变形,别人会说这是谁谁做的生活,他丢不起这个人。隔了一个月,再去看,还没有完全做好,又是一个细节要如何处理。长话短说,反正是精工出细活,老木匠横讲究竖认真,前后花了好几个月工夫,一桌一椅才最后完成,一道又一道的漆做好。带着徒弟很隆重地送上门,对祖父说,我做的这个生活,可以传子孙的,你用了就知道。

故事二,这桌子果然是好东西,结实耐用。用祖父的话说,它简直就是个精雕细琢接近完美的艺术品,跟着主人一路迁徙,一会儿上海一会儿苏州,接榫处没有一丝动摇。一·二八淞沪战役,日本兵闯进来,用刺刀在桌面上刻了几个字,抽屉的板上划几道印子,经此大难,仍然是基本完好。抗战时期,祖父去了四川,写字桌被送往苏州老家。后来,祖父回上海去北京,没工夫折腾,它一直被放在苏州。五十年代初期,父亲和母亲结婚,想到老家还有些家具,便将两个书橱、这张写字桌,还有那把椅子,统统运到南京。值得一提的是,因为这次搬运,父亲还在写字桌的抽屉,发现了保留完好的祖父日记,从辛亥革命那年开始,一直记到抗战爆发。

故事三,老木匠的故事阐述了人生的意义。常被祖父拿来举例,说明做事认真的重要性。父亲说,祖父非常欣赏这位老木匠,为此专门写过讴歌文章,感慨他身上具有艺术家追求完美的精神。人生的意义有时候就在于要认真,毛主席他老人家也说过,世界上怕就怕认真二字,共产党员就最讲究认真。

在一九七一年,十四岁的我懵头懵脑,对父亲说的故事根本不感兴趣,同时也嫌母亲太唠叨,为了一张写字桌没完没了。相对于此前痛苦不堪的动荡岁月，那段日子相对平静，生活开始变得太平，变得安逸。父亲的剧本永远也写不好，几句唱词颠来倒去，仿佛在玩那种手上转的健身小球。母亲栖身于普通群众行列，能够有这个待遇，她已经很满足。

有一天，母亲惊慌失措跑回来，告诉父亲说军代表大会上宣布，要让她担任剧团的革委会副主任。消息来得太突然了，半年前，母亲天天要去打扫公共厕所，还是典型的阶级敌人。两个月前，被解放了，恢复了革命群众的身份。现在突然又要让她当革命委员会副主任，这真是非常意外，不用说母亲想不到，广大革命群众想不通，谁也想不明白。然而事实就是这样，想不到没关系，不接受也得接受。据说是省革命委员会的一位主任发话，那年头，省革委会主任就是今天的省委书记，当仁不让的第一把手，他说一，别人不敢说二。

这位大员不仅军人出身，而且还是在职军官，当时正是军管时期，各地的省市级领导都由军队干部担当。他的地方口音很重，用不容置疑的语气说：

"我看那谁，可以当革委会副主任嘛，就她了！"

母亲转眼之间成了剧团的革委会副主任，"文革"前，她当过副团长，表面上看是官复原职，可是经过了

"文革"这些年的挨斗，游街，批判，隔离审查，心情已完全不一样。

4

当上革委会副主任不久，吴凤英来了，她又开始称母亲为老师，说要把那张写字桌还给我们家。

"我知道老师很生气，"吴凤英红着脸，低头认错，"我知道老师为了这事，心里对我有意见。"

那天正好下小雪，吴凤英突然上门，让母亲无话可说。一时间，大家有些尴尬，母亲气还未消，板着脸，也不多说什么，让父亲和我立刻去吴凤英家拿写字桌。我们先去借板车，剧团有辆拖垃圾的手推车，两侧挡板怎么也卸不下来。有挡板碍事，折腾了半天，最后只能将写字桌翻转过来，四脚朝天，父亲推板车，我和吴凤英在两边扶着。偏偏板车有一侧轮胎还是瘪的，父亲又特别笨手笨脚，天上下着小雪，地上滑，写字桌一次次要跌下来，我们很快大汗淋漓。

与写字桌配套的还有一把椅子，父亲不想再跑一趟，不当回事地对吴凤英说：

"算了,那椅子送给你了,反正也没地方搁。"

父亲说的是实话,尽管母亲还有些舍不得,我们家已经有了新写字桌,这张旧的只能搁在我房间。我的房间小,放一张小床,一个大衣柜,一个床头柜,再加上这写字桌,显得十分拥挤。写字桌回来,母亲终于出了一口恶气,摸着有些损坏的桌面,心有不甘地对父亲说:

"要是不当这个革委会副主任,这丫头会把它还给我们?哼,门都没有。她对我那个凶,我这辈子也不会忘。"

父亲说:"事情都过去了,还记什么仇。"

母亲说:"这仇当然要记。"

事实上母亲很快就忘了,她觉得自己会记恨一辈子,嘴上也常常这么说,可是没多久,不仅完全原谅了吴凤英,而且越来越在乎,越来越看重,毕竟她是自己最得意的弟子。吴凤英读书时就是戏校的高才生,人不算特别漂亮,却是演主角当头牌花旦的好材料。母亲恨她时常念叨,说我知道这丫头为什么恨我,为什么要狼心狗肺,她不对我狠一点,凶一点,别人不会放过她。母亲这么说的时候,心里其实已经原谅了,说她必须要跟我划清界限,说她不能不这么做。

母亲没想到，就在不久以后，吴凤英突然不想再演戏，她提交了一份转业报告，宁愿去工厂当个最普通的工人。记得那天是在我房间，母亲把她叫来谈话，劝她不要头脑发热，好不容易学了这么多年的戏，说放弃就放弃，实在太可惜了。母亲怎么也不会想到，她会要转业。吴凤英说了自己要转业的理由，说她丈夫不愿意妻子下乡演出，一出门就几个月。她丈夫是一个复员军人，当兵的时候，也习惯了夫妻分居，现在复员了，到地方上工作，不愿意妻子再出远门。

从吴凤英的谈话中，母亲隐隐感觉到她丈夫是不放心。吴凤英虽不是绝色美女，业务能力很强，追求她的男人并不少，她丈夫肯定听到了什么风言风语。

于是母亲一针见血："你男人是不是为什么事吃醋了？"

吴凤英叹着气，也不否认："男人嘛，都这样！"

母亲说："你想想，练了这么多年功，天天吊嗓子，说不演戏就不演戏了，这叫什么事？"

我的房间不大，她们坐在床沿上说话，母亲苦口婆心，继续她的说服工作。为了不影响父亲写作，她们的声音很轻。吴凤英显然已下了要转业的决心，母亲说了很多，她根本听不进去。母亲没完没了地说，她有一句无一句地听。为了完成学校布置的作业,我当时正在那临写毛笔字,学写《勤礼碑》,吴凤英突然走到我面前,看了看字帖,又看看我写的字,说:

"你这字丑死了,看我的,让我来写给你看看。"

吴凤英一手毛笔字很漂亮,在戏校读书的几年,为了提高当演员的修养,有一位非常有名的书法家给她们上过课。

5

从一九七一年起,这张写字桌一直归我使用。有一段时间,我的兴趣都在玩无线电上,中学生弄这玩意儿,除了砸钱,也搞不出什么大名堂。后来又开始玩摄影,冲洗胶卷,放大照片,都是在这上面进行。

桌面上增添了许多新的划痕,正中间那两个字,是当年的日本兵留下,刻着"石川啄木"四个字,也不明白什么意思,虽然隔了很多年,依然清晰可见。左上角是吴凤英留下的,当初大约没有砧板,切菜剁肉直接在桌面上进行,横一刀竖一刀,随着岁月流逝,痕迹渐渐模糊。还有许多奇怪的印迹,都是我无意中损坏,很显然，我对这张老掉牙的写字桌，一点也谈不上爱护。

"文革"后期，有一位家具厂领导来我们家做客，很认真地说，这些家具都该换了，我帮你们家配置一套新的。结果就换新家具，大床，沙发，吃饭桌椅，大橱，五斗柜，床头柜，能换的都换了，没换的就是苏州老家搬来的两个书橱和这张写字桌。八十年代初期我搬出去住，开始独立生活。写字桌和两个书橱一直跟着我，它既是工作台，又是吃饭的餐桌，上面还搁过一台黑白电视。朋友来，曾经将就着在上面睡过一夜。当时是住在沿街的一间小平房，刚开始学写小说，我早期的文字几乎都在这写字桌上完成。这以后，结婚，几次搬家，都没有将它淘汰，原因不是为了喜欢，而是居住环境太差，都是旧房子，没有阳光，根本懒得换新家具。

进入新世纪，赶上末班车，分到一套福利新房。阳光灿烂的五楼，是毛坯房，搞装潢前，一位朋友为我酝酿设计方案，坚定不移要做旧。理由很简单，老婆是旧，孩子是旧，太新的感觉就好像是再婚。这位朋友是搞美术的，名头很大，身价极高，愿意帮我设计，已经非常给面子。我没想到他会看中这张旧写字桌，并且产生了一个非常前卫的设计方案。

"这可是个好东西，"朋友很激动，抚摸着桌面的毛糙斑驳,"绝对有感觉,我找到了一个最重要的元素。"

我不太明白他的意思。

"对,就要围绕这张桌子大做文章。"

朋友解释说世界上的好设计,都有一个好的元素可以把玩,搞设计的人,只要围绕这个元素去想,一切就可以OK。他一口气报了几个很著名的设计,某展览馆,某度假村。结果不仅说服我保留了这张旧写字桌,还让我立刻想方设法,将与之配套的那把旧椅子也找回来。他觉得像目前这样,一张很有味道的老桌子,配上一个新式电脑椅,简直就是暴殄天物,是可忍,孰不可忍。

朋友的设计方案非常现代,包括一面用旧青砖砌成的文化墙,几排老式的书橱,在家中最显眼的位置,放上这张旧写字桌。要找到那把旧椅子并不难,这些年来,我们家与吴凤英断断续续地一直都有些联系。逢年过节,她都会来看望母亲。吴凤英去工厂当了两年工人,十分后悔离开剧团,千方百计地想回来,离开容易回来难,最后还是母亲帮忙,托熟人将她调到了一家区文化馆。到文化馆不久,吴凤英又和老公离了婚,一儿一女各管一个,女儿归她,儿子跟她前夫。我早已忘了曾经还有过一把旧椅子,事实上,不只是我,父亲、母亲、吴凤英、吴凤英的前夫，都差不多把这事忘了。记得吴凤英离婚不久，来与母亲聊天，还提到过这把椅子，说她离婚的时候，把椅子留给了前夫，但是和他有过约定，这椅子是她老师的，绝对不可以弄丢。

吴凤英儿子是开出租车的，送我们去他父亲那里，然后他继续去做生意。一路上，吴凤英喋喋不休，上车前说，下了车还在嘀咕。她很不满意儿子的工作，怪前夫没有照料好，没让他考上大学。她说她其实很后悔离婚，就算是为了两个孩子，也真的是不应该这样做。吴凤英说，她这一辈子，窝囊就窝囊在老是要后悔，先是后悔离开剧团，后来又后悔离婚。覆水难收，开弓没有回头箭，后悔又有什么用。离开剧团，后悔了也回不去，再想唱戏也唱不了。离了婚，后悔了也不能再复婚，人家已经再婚。当然，离开剧团也好，离婚也好，都不能埋怨别人，都只能怪她自己，都是她主动要求，都是她执迷不悟。剧团不肯放人，老公不肯签字，所有这些最终都拦不住她。当初还真不是没人阻拦，吴凤英就是脑子进水，怎么也听不进一个劝，说什么都没有用。木匠带板枷，手掌心搁烙铁，都是自作自受，这又有什么办法呢。

吴凤英前夫没想到我们会去，很客气，怪我们为什么不早点出现。两年前，有个开家具厂的战友到他家做客，看中了这把椅子，非要拿去做样子，拿走了一直没还回来。吴凤英很生气，说赶快找这个人，把它要回来。吴凤英的前夫面露难色，因为这战友的家具厂早就倒闭，欠了一屁股债，都不知道到哪儿去找他。

时间相隔太久了，我和这位前夫三十多年没见过面，他印象中，我还是个十四岁的孩子。我想象中的他也完全不是现在这模样，一脸倦态满头白发。当初的他非常阳光，刚从军队转业，那年头，像他这样的人最吃香。那年头，也只有像他这样的，才能娶到剧团里年轻的头牌花旦。一晃三十多年，人生能有几个三十多年。

我们离开时，吴凤英一脸不痛快，还在埋怨前夫，怪他不该把椅子借给人家。我说这个真的是无所谓，事实上，我自己就没有在这张椅子上坐过，对它也谈不上有什么多深的感情，没了就没了。世界上有很多好东西，说没了就没了，没什么大不了。我们好不容易才拦了一辆出租车，说好先送她回家，既然那椅子很难再找回来，这件事就算到此结束。上车后，吴凤英突然很哀伤，说她内心深处，对我们家的那张桌子充满了怨恨。

我感到莫名其妙，出租司机回头看了我们一眼。多少年来，虽然认识很久，和她其实也没说过什么话，我一点都不了解这个女人，不知道她为什么会有怨恨。吴凤英又开始喋喋不休，说她当年结婚，根本没想要我们家写字桌和椅子。她说那时候你还小，有些事你也不知道，你根本弄不明白。她并不想据为己有，从来就没有真正地想要过它们。当时谁都觉得你爸爸你妈妈是坏人，所有的人都这么认为。很遗憾这件事彻底改变了她跟我母亲的关系，因为这张写字桌，她再也不愿意在剧团待下去，一想到就心里别扭。尽管过去很多年，总觉得心里有道坎，迈不过去，心里有个结，解不开。

吴凤英叹了一口气，说："要是没这件事，我不会离开剧团，我也不会离婚。"

二〇一一年七月三日　河西

茉莉花香

一九六六年"文革"开始,我最担心的不是父母被批斗,也不在乎抄家,更不关心保姆的去留,作为一名性格内向的九岁少年,最害怕的只是一起玩的伙伴会不跟你玩。好在当时的孩子王李胜利跟我一样,他父亲也是批斗对象,也是戴高帽子游过街,也是大字报贴得铺天盖地,是人人要喊打倒的走资本主义道路当权派。李胜利并不因此沮丧,照样神气活现,照样耀武扬威,靠他的拳头轻而易举决定一切。

几个不自量力的孩子,想趁乱挑战他的威权,结果都被无情地打败,一个个被打得狼狈逃窜。我们这些小好几岁的孩子早就习惯听李胜利的话,总是按照他的命令行事。有一天,李胜利率领我们溜进了剧团的仓库,仓库有一扇小天窗,大家跟着他一起爬上房顶。李胜利下令让我先跳下去,天窗下面有一块用来练功夫翻跟斗的海绵垫,李胜利说,他妈的你个最没用的小东西，给我跳下去。我很害怕，别的伙伴也怕，都不敢跳，于是为了表示自己英勇，李胜利身先士卒，骂骂咧咧地便纵身跳了下去。结果我们紧随其后下去的人都没事，他的一条腿却摔断了，李胜利从此成了李瘸了。

然而在我的青少年时代，李胜利威风依旧，拖着一条瘸腿，打遍东南西北，是我们那一带打架最厉害的人。我们都是剧团大院的家属，从仓库里偷了不少小玩意儿，演戏用的道具，木头驳克枪，杀不了人的匕首，长的或短的假胡须，仿真的解放军军帽，一大沓印得很糟糕的说明书。这些说明书曾让李胜利很生气，当时他的腿很疼，疼得龇牙咧嘴，脸一会儿红一会儿白，很长时间说不出话。考虑到很快会有大人过来，我们不得不立刻转移赶紧离开，李胜利由两个小伙伴架着，靠一条腿踮着脚行走。后来才知道骨头断了，他也不敢告诉别人，也不去医院治疗，我们也都一直保密，稀里糊涂地将他送到家，将他扶到床上。他一路都在咒骂，终于躺坐在床上，随手从我口袋里掏出那沓说明书，往我脸上一扔，说：

"瞧你那点出息，偷这破玩意儿有什么鸟用！"

李胜利将大家窃取的东西理直气壮据为己有，当作自己的战利品，唯独没看上那些说明书。剧烈的疼痛让他愤怒,看他疼成那样,孩子们都很害怕,一有机会,一个个赶紧开溜。

想不明白当时为什么会偷这些说明书,反正拿了也就拿了,回到家里,百无聊赖,我开始进行研究。上面有照片,有演员表,有故事梗概,戏的名字已忘,能记住的是一个妓女的故事。这位妓女叫真娘,古时候的人,姓胡,出身书香门第,流落到了苏州,被诱骗进了山塘街的妓院。她才貌双全,擅歌舞工琴棋,精于书画,只卖艺不卖身。当时有一王姓富家子弟,看上了真娘,用重金买通老鸨,想强娶为妻。真娘婉言拒绝,最后为保贞节,竟然悬梁自尽。王公子懊丧不已悲痛至极,斥资厚葬刻碑纪念,栽花种树于墓旁,发誓永不再娶。这以后,文人雅士每过真娘墓,不免怜香惜玉纷纷题诗,传说茉莉花在她死前没有香味,死后其魂魄附于花上,从此有了香味,所以茉莉花又称香魂。

真娘墓据说就在苏州的虎丘塔附近,我对这个故事没什么太大兴趣,当时不过是记住了情节,记住了演员表,记住了谁演谁,记住了这个戏的编剧是钱农。十年后,钱农投江自杀了,大家难免会在背后议论他。有一次和父亲说起钱农,说起这个古装戏,父亲笑着说,钱农的这个编剧其实只是挂名，他才是真正的编剧。剧本的每一段唱词，都是父亲千辛万苦改出来的，钱农干的活连百分之一都到不了。我觉得奇怪，不明白为什么父亲写了剧本，要挂钱农的名字，不过很快也就理解了，在我印象中，父亲永远是在写剧本，他总是在孜孜不倦地写，却从来不挂自己的名，"文革"前署别人的名字，"文革"中便是清一色的集体创作。

作为一名右派，父亲对挂不挂名根本不在乎，他根本就不喜欢编剧这个职业。事实上，大家也都心知肚明，都知道怎么回事，都知道是父亲写的。习惯会成自然，那些剧本都是些手艺活，无非陈芝麻烂谷子的不断加工。在地方戏剧团，最有地位的是领导，其次是主要演员，然后才是群众，这群众包括乐队，包括跑龙套的，包括炊事员和后勤，也包括编剧。编剧在剧团的地位基本上可有可无，说起来大家可能不相信，但是在当时，这是绝对的事实。

记得钱农生前也跟我说起过这个戏，他没有提到挂名的事，只说这戏强调了人生的两个道理。第一个道理，人活着，清白是件很重要的事，真娘为什么要死呢，因为只有死才能证明出淤泥而不染的清白。第二个道理，一个人究竟好人坏人，很难弄清楚，在这个戏中，富家子弟王公子一会儿坏一会儿好，好坏全掌握在写戏的人手上。钱农是"文革"前毕业的大学生，那年头大学还是挺珍贵，大学三年级的时候，他曾经写过一个话剧剧本。这剧本当然也不怎么样，可是等到大学毕业，大家都觉得这人会写剧本，是个才子，于是顺理成章，把他分配到了地方戏剧团。

戏曲和话剧完全两回事，很快就发现他是个外行，根本不能写剧本，对旧戏和唱词一点都不懂。隔行如隔山，有一段时间，钱农一直是跟在父亲后面，很虚心地学习，父亲手把手教他，教他如何拉结构，怎样填写唱词，刚有些入门，轰轰烈烈的"文革"就开始了。钱农的写作悟性本来就不是很好，传统旧戏刚摸到点门道，又不得不开始编写现代新戏，结果是旧戏新戏都写不像。好在"文革"的初期中期，清一色地移植样板戏，编剧什么事也不用干。

钱农出身贫农，根红苗正，运动来了，既不是造反派，更不是风云人物，剧团多他一个不多，少他一个也不少。

"文革"开始，李胜利是十五岁，跟他同年纪的人后来都上山下乡当知青，他因为一条腿瘸了，一直在城里当闲人。很难想象他这样腿有残疾的，会是打架的顶尖高手。当年在社会上混的人，只要报出自己认识"李瘸子"，闻者都会畏惧三分。李瘸子的狠毒声名远扬，或许腿脚不便的缘故，他总是随身带着一根手杖，所谓手杖其实是加工过的钢管，据说打架时，喜欢靠墙站着，手杖乱舞，一般人根本接近不了他。

李胜利是我少年时代心目中的英雄，首先因为他会打架，打遍天下无敌手，其次便是擅长泡妞，追一个是一个。我读中学的那些年头，熟悉的同伴在一起说起李胜利，永远是又打了谁，又教训了谁，又把谁从对手给活生生地打成了徒弟。在李胜利身边，永远不会缺少那些漂亮的女"纰漏"，"文革"时代的南京人，把小流氓称之为"小纰漏"，所谓女纰漏就是女流氓。

李胜利与李芳芳纠缠在一起，是林副主席的"九一三"事件前后，那时候，李胜利二十岁出头，李芳芳快三十岁，已经结了婚，嫁了一名军人，刚生过一个孩子。这两个人搞到一起，大家都很震惊，都觉得很奇怪。在那个年代，调皮的小男孩钓鱼，勾引涉世不深的女孩子，也没什么大不了，与一名已婚妇女搞在一起，而且还是破坏军婚，性质便有些严重。果然事情终于暴露，李胜利被抓了起来，便判刑劳教。

李芳芳多年来一直在剧团当配角,在我偷的那份说明书上,她扮演真娘身边的一名小丫环。除了长相漂亮,作为戏曲演员,这位李芳芳几乎一无可取,唱念做打没有一桩像样。她天生不是当主角的料,有一段日子,剧团里能演女主角的都靠边站了,工宣队决定让李芳芳扮演《沙家浜》里阿庆嫂,结果她一出场亮相,台上台下一片哄笑。

李芳芳能够被人津津乐道的就是她的漂亮,或者由漂亮引起的相关话题。据说当初考戏校,年龄还小,大家也没觉得她将来会是个美人胚子。没过几年,李芳芳成了一位让人眼睛发亮的大美女,上世纪六十年代初,省里有关领导举行舞会,邀请剧团的女演员去伴舞,好吃好喝招待,当时正是困难时期,大家肚子都饿,一听说有舞会就来精神。不过李芳芳更有些像个搅局的人,女孩子都嫉妒,只要她一到场,回眸一笑百媚生,满堂粉黛立刻没了颜色。

"文革"开始,造反派批判走资派,给李胜利的父亲安了一大堆罪名,其中之一便是流氓成性,常欺负女演员,尤其喜欢对年轻的女学员下手,而李芳芳就属于曾经猥亵过的对象。对于这一点,李胜利父亲坚决否认,理由是自己身为一团之长,虽然有过劣迹,生活作风的确不够检点，不过丁是丁卯是卯，对李芳芳始终有贼心没贼胆。当时盛行互相检举揭发，在造反派的逼迫下，李胜利父亲老实交代，说省里某位已被打倒的领导，才是真正地看上了李芳芳，才是真的为老不尊，他认她为干女儿。明白人都知道什么叫干女儿，那可是旧社会黑道上才玩的把戏，李芳芳的岁数都可以做孙女儿了。

人长得漂亮注定会生出许多是非，当年林立果选妃，据说也曾看中她，李芳芳一路过关斩将，已经过了第三轮，年龄偏大才被淘汰。我始终没搞明白这个第三轮什么意思，反正最后有一位南京姑娘被选上了，李芳芳则是差点被选上的那位。大家都说被选上的那一位，要说漂亮，远不如她。李芳芳一生中，耿耿于怀的不是未选上妃子，她遗憾的是自己参与拍摄的一部电影最终没有公映。这电影拍摄于"文革"后期，内容是反击右倾翻案风，刚拍好"四人帮"就倒台了。李芳芳也算不上一号女主角，然而在戏曲演员心目中，只要能拍上电影，只要银幕上能有几个镜头，这就是非常了不得的事。

很长时间，李芳芳都把印有她照片的海报贴在自家最显眼的位置，一进门便可以看见。即使这部电影从来没上映过，后来还一度遭到了批判，她也不肯把它从墙上揭下来。

钱农和李芳芳一样，都是在"文革"中结的婚，他岁数要大些，已属于标准的晚婚。剧团里青年男女人数相当，偏偏女的不愁嫁，男的难找老婆。钱农的个人条件也不算太差，搁当时莫名其妙地成了困难户。说起来荒唐，钱农的婚事最终还是我们家保姆徐阿姨促成的，那时候，钱农病急乱投医，到处托人介绍对象，结果连我父亲这样的书呆子，也一本正经地当过几回红娘。钱农不断碰钉子，郎有心来妹无意，也不知为什么，永远剃头挑子一头热，女方对他就是提不起兴趣。或许太不会说话，一跟人见面，眼珠子便直勾勾地盯着人家。

有一次，徐阿姨去粮站买米，买到一半突然跑回来了。当时钱农正在我们家，坐在书桌前，与父亲讨论一个写赤脚医生的剧本，他们经常处于这样的状态，好像在工作，又好像什么也没干。钱农跟着我父亲学会了抽烟，学会了喝酒，也学会了完全不着调地讨论剧本。突然跑回来的徐阿姨神情严肃，说小钱你快去粮站帮我把米给扛回来。她递给钱农一根竹牌，这是已付过钱的凭证，钱农和父亲莫名其妙，看着那根竹牌，不明白怎么回事。

徐阿姨说："粮站的那个小徐我看人还不错，你们去碰个面，看看有没有缘分。"

没想到真的就有缘分，那个小徐喜欢看小说，喜欢读书人，挺在乎他的大学生身份。钱农一见钟情，觉得小徐足够漂亮，已超过预期，以往拒绝他的女人远不如她。一来二去，这两人还就成了，没隔多久，钱农便带着小徐到我们家来借书，指名道姓要借小说看。那个年代，所有的世界名著都是毒草，经过"九一三"事件，"永远健康"的林副主席从天上掉了下来，大家思想开始发生变化，年轻人偷偷看几本世界名著，不但算不了大错，而且还代表着追求上进。父亲对小徐的最初印象很好，人长得干干净净，居然喜欢文学，在背后与母亲议论，说这年头还想着要看看外国小说，要看《约翰·克利斯朵夫》，也真不容易。

又隔了没多久，钱农就结婚了，当时婚礼十分简单，非常革命化，父亲不知道送什么好，钱农倒是主动开口，希望我祖父给他写一张字，于是父亲就给北京写信。很快寄了一首手抄的毛主席诗词来，词的内容我至今还能记得：

茫茫九派流中国

沉沉一线穿南北

烟雨莽苍苍

龟蛇锁大江

黄鹤知何去

剩有游人处

把酒酹滔滔

心潮逐浪高

母亲觉得光送人家一张纸说不过去，又去玻璃店配了小镜框。结婚不久，有了孩子，母亲又去买了一套小孩衣服。印象中，钱农夫妇从没喊过我父母一声老师，只在姓氏前面加一个"老"字，在今天听起来很冒昧，在当时非常自然。事实上，父亲一直把钱农当作自己学生，毕竟他是不多的愿意向父亲请教的人，他写出来的每一段文字，都经过父亲的细心修改。很长一段时间，钱农是我们家常客，由于都住剧团宿舍，他一抬脚，用不了走几步，已经到了我们家。剧团的编剧没有办公场所，因此我们家客厅便成了他的办公室。

到用餐时间，很随意地吃个便饭，当时年轻人经济状况普遍不好，钱农出身农村，每月要寄钱回家，妻子小徐家是城市平民，丈母娘提出的条件是每月必须贴补娘家十五元。有了孩子后，钱农一如既往地在我们家蹭吃蹭喝，有时候，干脆把小徐和孩子一起带过来。这位年轻漂亮的小徐，结婚不久就暴露出了霸道本性，全面接管财政，对丈夫的经济掌控，很快骇人听闻。作为一个男子汉，钱农身上没有零花钱，出门根本不用带皮夹，因为工资已全部充公。

那年头，剧团的男人没有经济地位，普遍惧内，平时说笑难免夸张，都喜欢抱怨老婆如何厉害。人穷志短，他们的言谈中充满了戏谑，相互取乐彼此挖苦，没完没了自嘲。大家都没钱喝酒，也买不起香烟，就买了烟丝自己卷，美其名曰为"怕老婆"牌。钱农平时也抽卷烟，他的手艺十分笨拙，卷一支烟要花费好多时间，抽着抽着还会散开。与剧团里别的男人惧内不一样，钱农偶尔也会笑着说抽的是怕老婆牌香烟，可是从来不承认自己怕老婆。

李芳芳最后嫁了一个军人，在我青少年时期，她的绯闻没有间断过。刚听说和李胜利有一腿的时候，我们都不相信自己耳朵，不相信真会有这样的事。听上去太滑稽了，因为我们最初知道的那些所谓绯闻，那些带色情意味的段子，有相当一部分，都是李胜利说给我们听的。

李芳芳丈夫是一位在北方的军人，后来才弄明白，他本是南方人，只不过在北方当兵，那种成天埋头挖战备坑道的工兵。我们并不知道他们怎么就认识了，怎么就突然结了婚，怎么就有了孩子。反正早在结婚之前，李芳芳已声名狼藉，起码在我们这些涉世未深的男孩子心目中，她是个与许多男人有过那种事的女人。有一段时间，李胜利特别仇恨李芳芳，也许受他母亲的暗示，只要一提起她，李胜利就咬牙切齿，就恶声恶气。受他影响，或者说他的直接唆使下，我们也开始在背后起哄，有意无意地攻击李芳芳，一致认定她是天下最不要脸的女人。

每到夏天，剧团大院的孩子都会去公共浴室洗冷水澡，这个浴室从来没供应过热水。天气开始热起来，我们便三五成群，约好了一起去洗冷水澡，男孩子这样，女孩子这样，剧团的年轻人这样，有一把年纪的中年人甚至老年人也是这样。人们光着身子聚在一起，扯开嗓子唱样板戏，悄悄地说下流话。渐渐天气转凉了，洗冷水澡的人越来越少，越往后，越没人去。

有一天，气温转凉又略有些升高，几个小伙伴相约再去洗最后一次冷水澡。去浴室途中,我们遇到了李芳芳,她一手拎着个竹壳热水瓶,另一只手端着大红的脸盆,脸盆里搁着换洗衣服,正慢吞吞地往浴室走。显然也是去洗澡,这时候,她已经怀孕了,挺着个大肚子,走路的样子十分滑稽。我们便用打篮球犯规的俗语来形容,说她是带球走步。刚进入浴室,我们就七嘴八舌开始议论,自说自话乱点鸳鸯谱,给她肚子里的孩子胡乱认爹。我们一个个正说得高兴,却听见李芳芳在隔壁女浴室唱了起来,是《沙家浜》里的一段。

有一位小伙伴就说了:"妈的,她还在唱阿庆嫂,我们是不是给她来一段胡传魁和刁得一。"

最后并没有隔着浴室的那道墙与她对唱,恶作剧的念头突然就产生了,不知谁带了一个头,我们异口同声地喊了起来:

"李芳芳,不要脸!不要脸,李芳芳!"

我们分成了互动的两拨,一拨人喊李芳芳,另一拨人喊不要脸。然后就安静了,我们屏住了呼吸,倾听着隔壁动静,只听见哗啦啦的流水声。然后就什么声音都没有了,变得非常寂静,我们一个个鬼头鬼脑,挤眉弄眼伸舌头,尽量不发出任何声响。然后就意识到她肯定在生气,气鼓鼓地擦干自己身上的水分,气鼓鼓地穿

49

衣服，气鼓鼓地走出来。

李芳芳气鼓鼓地堵在男浴室门口，我们开始有些担心，后悔没有速战速决，早点擦干身体穿上衣服，逃之夭夭溜之大吉。我们相信她不至于冲进男浴室，不会冒冒失失地闯进来，又不得不有所防范。万一真冲进来呢，万一真急了眼，非要抓着我们去见父母，向我们的父母告状，这事便有点麻烦。接下来很长的一段时间都是僵持，我们躲在浴室不敢出去，偶尔偷偷地探一下脑袋，发现她还守候在那里，连忙把头缩回来。最后李芳芳失去了耐心，骂了我们一句，扬长而去。走了好半天，我们依然不敢贸然出去，怕她还躲在某个地方恭候我们。

类似的恶作剧照例都会得到李胜利鼓励和表扬，毫无疑问，当年十分起劲地这么做，多少都有些向他讨好的意思。李胜利是江湖上的老大，他的敌人就是我们的敌人。都知道他不喜欢李芳芳，都觉得应该跟着他不喜欢，没想到有一天，李胜利郑重其事地将我们这些毛孩子召集起来，以很严肃的口吻提醒大家，说今后再也不许说一句李芳芳的坏话，一句都不允许。有个小伙伴不明白为什么，傻乎乎地还问，李胜利甩手就是一记响亮的耳光。

李胜利恶狠狠地说:"没有什么为什么,不允许就是不允许!"

李胜利最后爱上了李芳芳,成为一个公开的秘密。关于这件事的来龙去脉,我始终也没搞清楚,只知道很光明磊落,喜欢就是喜欢,爱就是爱。他不在意李芳芳的那些传闻,也不在乎她结过婚,有了孩子,还比自己大好几岁。李胜利一本正经地对我们宣布,只要李芳芳能够离婚,愿意与老公分手,就一定娶她。不能离婚,他愿意一辈子做秘密情人,为了她终身可以不娶。

那年头,破坏军婚是个很严重的罪名,酷爱打架的李胜利不止一次差点将人打死,以谈恋爱为名目玩弄了无数女孩,最后活生生栽在了这条罪名上。李胜利的判刑让李芳芳名誉彻底败坏,既坐实了以往的种种传言,又多了一桩铁板钉钉的绯闻。记得正是"九一三"事件前后,人们在一起议论,不是说林副主席如何从天上掉下来,就是说李芳芳怎么不检点。当时我在读初中,发育迟缓,社会风气保守,对性还有些朦朦胧胧,听见有人说李芳芳有腋臭,也就是所谓的狐臭,说凡是遇上这样的女人,那方面要求都特别强烈。我们便在背后琢磨,为什么李胜利会喜欢一个身上有异味的骚女人呢。

记得钱农也喜欢在讨论剧本时,与父亲谈论李芳芳。他从来不在背后说她的坏话,只是想不明白并且感到纠结,为什么她会喜欢李胜利这个小流氓。李芳芳为什么不能自重一些呢,李胜利父亲基本上官复原职,革委会的副主任,正职是一位军代表,并不怎么过问业务,他这个副主任差不多就是第一把手。如果说为了讨好他爹,效果肯定适得其反。事实上,早在出事之前,李胜利的父母就已经对李芳芳恨之入骨。用他母亲的话说,苍蝇不叮无缝的鸡蛋,李家父子都在这个狐狸精身上吃尽了苦头。

接下来的岁月很模糊,我进了高中,高中毕业待业,到工厂当小工人。作为剧团家属,发生在大院里的张家长李家短,知道的越来越少,也越来越不感兴趣。只知道有一段日子,钱农的妻子小徐与李芳芳开始干上了,这两个女人吵得不可开交,针锋相对你死我活。小徐认定自己男人与她有一腿,钱农自己呢,死不认账坚决否定,我记得他不止一次向我父母解释,诅咒发誓与李芳芳没有任何瓜葛。

父亲说:"既然没这个事,与小徐说说清楚不就完了吗。"

钱农很苦恼,说:"我说了,说不清楚。"

说不清楚成了钱农的最大烦恼,记得有一次在吃饭桌上,他很无奈地对我母亲说,我钱农要是与她真有那个事,我也认了,可是真的是没有,我不能耽误了人家的清白。再说了,李芳芳也不是那种人,她不是那种喜欢乱搞男女关系的人,她怎么会看上我钱农呢。这样的辩解很无力,甚至说有些暧昧,我父母也被他搞糊涂了,在背后议论,说强调别人如何清白倒也罢了,钱农居然会说李芳芳生活检点,这就有些演戏了。

据说小徐做得最极端的一件事情,就是在公开场合贴了一张小字报,用钢笔写的,指名道姓大骂李芳芳,历数她的种种不要脸。作为回应,钱农索性用毛笔写了一张大字报,就贴在小字报旁边,义正词严地为李芳芳辩护。这场闹剧不可开交,大家都当笑话看。有人向我转述小徐与李芳芳面对面的激烈碰撞,小徐一边骂,一边不停地卷袖子。李芳芳也彻底豁出去了,最后终于爆发,撕破了脸跟她吵,大庭广众之下,大义凛然地说:

"我确实是跟你男人睡了,确实是不要脸了,又怎么样?"

这时候,李芳芳丈夫已经复员回家,破坏军婚的罪名不再成立，据说他也不太相信钱农与自己老婆有事。恰巧两家人就是邻居，住同一个楼道，抬头不见低头见，三日一小吵，五日一大闹，简直就没办法过日子。这位叫小徐的粮站女工也真能闹，捉贼见赃捉奸成双，抓不到什么直接的把柄，她就滥用和乱用证据，其中一个最让人哭笑不得的结论，就是钱农作为男人流出来的东西越来越稀。小徐向每一位愿意倾听成人故事的听众描述这一细节，结论便是只有李芳芳这样的骚货，只有她这样的狐狸精，才会让钱农变成那样。

我清楚地记得，一九七六年的一月，周恩来总理逝世的那几天，钱农义无反顾地从南京长江大桥上跳了下去。广播里不断放着哀乐，人们纷纷戴上黑纱表示纪念，李胜利的父亲在两名公安同志陪同下，忽然来到我们家，让父亲作为死者单位的代表前去认尸。说老实话，这件事后来一直没有想明白，为什么剧团领导不去，小徐作为家属也不去，偏偏要让父亲去。当然还有一点更想不明白，父亲竟然要我陪他一起去。

自小我就是个胆小的孩子，也许父亲觉得儿子成人了，已经是一名工厂里的青工，应该去开开眼界。我们坐着公安局的吉普车，赶到认尸地点，在一间空房子里见到钱农的遗体。当时印象最深的，不是他的遗容，是正对着大门的一头乱发。我始终不敢确认这人就真的是钱农，因为被水浸泡，他的脸色又白又胖，眼镜没了，脚上皮鞋也没了，手表也没了，手腕上只剩下表带扣过的印痕，公安人员认为是最初发现尸体的人拿走了。钱农口袋里有一封遗书，写在牛皮纸上，用塑料布裹了一下，但是水依然进去了，根本看不清楚写了什么。

好在他还给小徐留了一封遗书，具体内容我们也没看到。很长一段时间，我都担心会不会认错人，父亲却很有信心，不容置疑，说没错，肯定是他。

三十年后的一次宴会上，李胜利端着酒杯突然走到我面前，问能否认出来他是谁。一时间，我根本想不起来。他笑着说果然没认出来，也难怪，我还比你大好几岁，连你头发都变白了，岁月真是不饶人。就算这么提醒，我仍然没想起是谁，溜了一眼他坐的席卡，写着"李强"两个字，这李强又到底会是谁呢。

憋不住的李胜利自报姓名，说忘了当年我怎么教训你们这些小毛娃，忘了当年你们怎么跟在我后面屁颠颠地跑腿。我感到非常震惊，非常意外，想不到眼前这位拿新加坡国籍的海外富豪，居然会是李胜利。当今世界真是无奇不有，意想不到的事太多了，多年不见的李胜利脱胎换骨，已成为一名炙手可热的投资商。他有几分羡慕，又有几分不屑地看着我，说你小子现如今出息大了，混成著名作家了，这年头，听说是个作家就能著名，又有名又有利。在座的客人听说我们自小认识，在同一个大院长大，都嚷着叫我们赶快喝个满杯。

断断续续地曾听过一些李胜利的故事，他劳教回来，社会上混了一段时期，成为改革开放后第一批下海的人。发过财，也闯了祸，与一些干部子弟走私汽车，又一次差点入狱，在通缉期间，他潜逃国外，流浪过几个国家，沉寂二十年，再次回国，俨然是能够排名全球的华商，作为本地政府官员邀请的尊贵客人，即将投资一笔数额很大的项目。

这次会面不久，李胜利从美国打来一个越洋电话，问我是否愿意为他写个古装戏剧本，电视电影都可以，他新结交的一位女演员，很想扮演真娘这个角色。我拒绝了这个请求，实事求是地告诉他，说自己根本不会写剧本。他也不强求，既然通上电话，也不在乎越洋的电话费，我们有一搭没一搭地胡扯，回忆过去闲聊家常，说到了李芳芳，说到了钱农。李胜利说他曾去过剧团大院，变化太大，说李芳芳老得不行了，女儿完全没有继承优点，远没有她妈年轻时漂亮。又问我钱农当年为什么要自杀，他对他印象不深，只记得他戴副很深的眼镜，经常待在我们家。

我说我也想不明白为什么，这世上想不明白的事太多了。

最后，忽然想起了我们当年偷的那个说明书，我告诉李胜利，那个写真娘的剧本，虽然编剧写着钱农的名字，其实我父亲写的。李胜利说这个我全知道，我当然知道是你爹写的，想当年，我爹是剧团团长，他早就跟我说过，谁让你爹他是个右派呢，我爹说那个叫钱农的家伙根本就不会写戏，他一点都不懂古装戏。听他这么一说，我笑着说我也不懂古装戏。李胜利笑了，说谁懂，我们他妈的不是都不懂吗，对了，你觉得那个叫真娘的故事怎么样，能拍电影或者电视连续剧吗。

挂完电话，一时间百无聊赖，上网浏览，发现与真娘有关的内容很多，很轻易地跳出"古真娘墓"四个字。居然有好几首悼念真娘的唐诗，写作者分别是当时的名家张祜、李商隐和白居易，我想李胜利对真娘的故事有兴趣，真要花钱请人写这个剧本，几首古诗倒是可以派上用场。

写"故国三千里,深宫二十年"的张祜是一首五律,敬摘如下:

佛地葬罗衣,孤魂此是归。
舞为蝴蝶梦,歌谢伯劳飞。
翠发朝云在,青蛾夜月微。
伤心一花落,无复怨春辉。

李商隐是一首七律:

虎丘山下剑池边,长遣游人叹逝川。
胃树断丝悲舞席,出云清梵想歌筵。
柳眉空吐效颦叶,榆荚还飞买笑钱。
一自香魂招不得,只应江上独婵娟。

白居易那首古诗最为著名,凡是说起真娘的文字,都一定会提到:

真娘墓,虎丘道。
不认真娘镜中面,唯见真娘墓头草。
霜摧桃李风折莲,真娘死时犹少年。

脂肤羹手不牢固，世间尤物难留连。

难留连，易销歇。

塞北花，江南雪。

二〇一二年五月二十七日　南山

紫霞湖

一九七一年的夏天有些平静，暑假开始，刘潇和她母亲突然来我们家做客。刘潇母亲与我母亲当年一起学过戏，是非常要好的小姐妹。刘潇比我小一岁，两位母亲很乐意结成儿女亲家，虽然那时候我们还只是十三四岁的孩子。从一开始，两个孩子就显得没有缘分，我们都觉得大人太傻，太一厢情愿，经常开这种让小孩子难为情的玩笑。

刘潇母亲很快回上海，刘潇留了下来，她要在我们家住些日子。一起玩的伙伴来我们家，在背后偷偷地问她是谁，我告诉别人她是我表妹。那年头，表妹可以多种含义和解释，法律上姑表亲姨表亲还没有禁止通婚，表兄妹仍然会让别人开宝哥哥林妹妹的玩笑，因此在小伙伴面前，我总是力图表现自己的清白，对这位表妹爱理不理。

我的父母已从牛棚里放了出来，父亲又开始写剧本，母亲每天还要去打扫公共厕所。让我想不明白的，为什么恰恰就是在这个时候，我们家又开始有了保姆，常听见母亲与保姆徐阿姨抱怨，说女厕所怎么样怎么样。有一次，她们在一起谈论，说有人倒了一锅白米粥，溅得到处都是。母亲想不明白为什么要这么做，徐阿姨猜测是天气热，粥馊了，不过就算馊了，也不能往那倒呀，这么做，要天打五雷轰的。

在我们家做客的刘潇更多时间与徐阿姨在一起，大清早爬起来，一起上菜场排队买菜。徐阿姨很喜欢刘潇，教她做菜，跟她讲自己家的故事。她年轻守寡，有个已结婚的儿子，三个孙子，每月都要给儿子寄钱。刘潇教徐阿姨做上海刚流行的西餐沙拉，那年头没有什么好东西吃，她做的沙拉味道怪怪的，结果我们家只有我父亲喜欢吃。

眼看着刘潇快要回上海了，父亲说也不能亏待人家，应该带这丫头出去玩玩，到了南京，玄武湖不能不去，中山陵不能不去。于是陪她出去玩成了当仁不让的任务，我喊上了自己的小伙伴曹承林，他跟我是同班同学，也是剧团大院的家属，父亲是拉二胡的。

我跟曹承林的关系谈不上最好，所以要拉着他，是不想让别人看见只有我和刘潇两个人一起出门。那年头，同一个班上的男生女生不说话，男孩与女孩在一起玩，会被看成是一种没有出息。曹承林很愉快地接受邀请，自从刘潇来做客，他动不动便往我们家跑。表面上找我玩，实际上是想多看几眼刘潇，用他后来的话说，那时候他就是一见钟情。不过我根本没想到他会看上刘潇，没想到什么一见钟情，毕竟我们还只有十四岁，毕竟那是个非常保守的年代。

我们一起玩玄武湖，玩中山陵，玩明孝陵，还专门去紫霞湖游泳。早在小学一年级，我就学会了游泳，曹承林很笨，游泳池里不知道泡了多少次，还是学不会，永远在浅水区扑腾来扑腾去，一换气就手忙脚乱。紫霞湖是男孩子们夏日里经常去的一个好地方，那里的水很深，曹承林水性不好，我们一般都不愿意带他去，即使跟去了，也不让他下水。老实说，他也没那个胆子敢下去。紫霞湖每年都会淹死几个人，有一次，我们正在湖里玩着，听见有人大呼小叫，一个人忽然失踪了，然后再也找不到，然后派出所来了公安人员，让人下去捞尸体。

刘潇在上海参加过少年游泳训练班，我们没有按照父亲的意思去游泳池，那里人实在太多了，还得花钱，为什么不把这钱省下来吃冷饮呢。事实上，去紫霞湖是曹承林的主意，所谓紫霞湖，其实是钟山风景区的一个小水库，景色很好，据说蒋介石生前为自己选定的墓址就在附近。水很深，呈锅底状，面积并不太大，也就一两百米宽。曹承林水性不好，去的时候说好了，他不下水，待在岸上帮我们看管衣服。

那天在紫霞湖游泳的人特别多，天气热了，很多南京人跑这来享受免费游泳。岸边没有换衣服的地方，刘潇早早地已在公共厕所将游泳衣换好。对于我们这些男孩子来说，换衣服从来不是问题，我们的泳裤侧面有排纽扣，只要将左边松开，右边用力一拉，湿裤子就扯下来了。刘潇的游泳技术确实是好，自由泳尤其精彩，一下水就成了大家羡慕不已的焦点。

跟在刘潇后面，我一口气游了好几个来回，游得快，觉着累了，便站在浅水区域休息。曹承林看我站在那儿，说我看你那个地方好像很浅，那一带是不是都不太深。我便嘲笑他，说水不深又怎么样，你又不敢下来。接下来有些说不清，反正曹承林胆子突然大起来，突然有了下水的念头。我也没有阻止，立刻表示欢迎，丝毫没意识到潜在的危险性。他说下水就下水了，在湖岸边来回瞎扑腾。刘潇自顾自地游着，我站在水里保护曹承林，不让他往水深的地方去，警告他千万别大意，这湖里可是经常淹死人。

就算这样小心翼翼，还是差一点出意外，过了一会儿，刘潇过来了，告诉曹承林应该如何换气，如何划水。曹承林十分认真地学，接下来，便在我和刘潇之间来回游。好像是有了一点进步，然而一个不留神，便滑向了深处，手舞足蹈，一连喝了好几口水。事实上，我和刘潇都没意识到危险，总以为他会站住，没想到竟然往水底下沉了，刘潇感到不妙，连忙过去帮助，曹承林慌乱中一把搂住了她。我也连忙赶过去，这时候，刘潇出于女孩子的羞涩本能推开了曹承林，这一推，他滑得更远，两只手在湖面上乱抓，我伸手去救曹承林，他用力一拽，手就从背后缠住了我的脖子，害得我根本没法换气。我努力想摆脱纠缠，他死死地抱住我，我们两个人便不由自主地往深处滑。

刘潇吓坏了，哭着喊起了"救命"，幸好不远处正在游泳的人中有两位退伍海军，一看情况不妙，他们飞快地游了过来，潜入水底，将我们托出水面。这时候，我当然还没有什么大事，只是吓得不轻，喝了好几口水。我们很快被送上岸，曹承林已处于半昏迷状态，过了好一会儿，才睁开眼睛，清醒过来。

紫霞湖的这次经历,事后想想太可怕,据说紫霞湖最深处有十几米,只要再耽搁几分钟,天知道会发生什么样的悲剧。我生平第一次遭到父亲的痛殴,挨顿暴打还不算,还要当众罚跪。曹承林的父母找上门来,兴师问罪,他们很气愤,说我差一点害死了他们的宝贝儿子。我父母很紧张,一个劲赔罪,说好话。曹承林的母亲不依不饶,一口咬定这是阶级报复,是有大人在背后唆使,她丈夫曾经检举揭发过我母亲。

这件事也让曹承林觉得对不住我,我为了他挨打、罚跪,还差一点陪着他把小命丢了。居委会和学校都把这件事看得很严重,当成了反面典型教育同学,明明是暑假里发生的事,跟学校毫无关系,我和曹承林却被安排在开学典礼上做深刻检讨。工宣队的徐师傅向我们发出严重警告,说以后谁要是再敢私自下河游泳,就罚他打扫半年的厕所。为了增加惩罚的力度,徐师傅还特地加了一句,说不仅打扫男厕所,连女厕所也要一起打扫。

在"文化大革命"中,打扫公共厕所是一个很严重的惩罚,让男孩子打扫女厕所,更是很严重很严重。同学们哄堂大笑,我和曹承林在大家的笑声中,红着脸从主席台上走下来。因为这件倒霉事,我与曹承林差不多有一个学期不说话,主要是不愿意理睬他,他不应该把过错全推在了我的身上。一起玩的小伙伴都笑话我,对于男孩子来说,去紫霞湖游泳并不是什么了不得的大事,你非要带一个不会游泳的笨蛋去,无疑大错特错。

这件事情很快被遗忘了,刘潇返回上海,再也没有什么消息,我母亲与她母亲很少通信,那年头也没有电话。曹承林似乎一直还在惦记刘潇,有意无意地便会问起,说你这表妹现在怎么样了。我说我不知道她怎么样,他脸上便露出一丝诡秘的坏笑,那意思好像是在说,别说谎别心虚,别以为我不知道你们的事。中学毕业,我们都没有下乡,进了不同的小工厂当工人,朝出晚归,虽然住同一个家属大院,基本上没有来往。恢复高考,我和他都考上了大学,他念的是大专,比我早一年毕业。

有一次在路上偶然遇到,曹承林又一次问起刘潇,这次有些一本正经。他知道我已经有了女朋友,连连叹气,说早知道你和刘潇什么事也没有,你把她介绍给我多好。说这话的时候,距离他和刘潇的第一次见面已经整整十年,我只当他是说笑,是调侃我和刘潇的关系,便笑着告诉他,自己与刘潇真的是没有任何瓜葛。曹承林十分意外，苦笑了一会儿，说我一直以为你们青梅竹马两小无猜，没想到你这家伙竟然是占着茅坑不拉屎。

曹承林从来不是个有幽默感的人，这样冒冒失失开玩笑，让人觉得很意外，一时间无话可说，不知道说什么好。就在谈话的第二天，曹承林脸色沉重，出现在我们家门口，神秘兮兮地把我叫了出去，郑重其事问能不能帮他个忙，能不能给刘潇带话，就说过去的十年，他心里一直都在惦记她。他说那种惦记很强烈，一直憋在心里，过去不好意思说出口，现在眼见着大学要毕业，应该把心里话说出来。他希望我能转告刘潇，如果她还没有男朋友，能否考虑和他处个对象。

他的这番话不仅让我惊奇，甚至连我母亲也感到不可思议，一见钟情照例都应该发生在小说中，如果只是十年前陪刘潇出去玩过几天，曹承林就念念不忘地喜欢上了这个女孩子，也实在太够传奇。我的女朋友对这故事充满兴趣，当然，她更想知道我和刘潇的青梅竹马两小无猜到底怎么回事。我父亲在一边插嘴，说当年双方的大人确实有过那层意思，不过人家小丫头根本看不上我儿子。他这么说是想帮我撇清，结果只是添乱，女朋友疑窦丛生，我母亲听了不乐意，说我儿子也没看上她呀。

尽管我和刘潇之间没有任何故事，女朋友还是将信将疑，即使成为我的妻子后也仍然放心不下。她想不明白为什么曹承林会耿耿于怀，如果刘潇不是非常漂亮，不是个非常出色的女子，他又如何会一往情深地爱上她。我母亲拒绝帮曹承林传递消息，她说你就直截了当地告诉他，说人家刘潇早已有男朋友了，说她根本不会看上他。

"我可没脸去和刘潇她妈去说这个事，这种人家哪能打交道，"我母亲显然还不能原谅曹承林母亲，忘不了她当年凶神恶煞的样子，"那次你们去游泳，他差一点害得你一起完蛋，可他那个妈怎么说，居然说我们想阶级报复！"

曹承林毕业分配去了区教育局，很快争取到了去上海的出差机会，他找到我，打听刘潇的联系方式。印象中，我曾听母亲说过一次，刘潇中学毕业下乡当了知青，后来回城，通过熟人关系，在南京路上的一家药店当营业员，具体哪家药店也说不清楚，反正离外滩不远。结果就凭这一点点信息，曹承林居然找到了刘潇。功夫不负有心人，在上海的茫茫人海中，他如愿以偿地找到了刘潇，南京路上的药店差不多让他问遍了，最后终于看见有一位有些相似的女子，上前打听，没想到那女子回过头来，对另一位女子喊道：

"刘潇，有个外地人找你。"

上世纪八十年代初期的上海人，保持着很强烈的地域优越感，在他们眼里，上海之外的都是外地人，所有外地人又都是乡下人。曹承林向我描述与刘潇见面时的情景，我笑着向他祝贺，说人家还算给面子，总算没叫他乡下人。

曹承林不好意思，十分感叹地说："上海人确实傲气。"

我没想到曹承林会去找刘潇，更没想到还真的让他找到了。不过他并不高兴，也不激动，没有一点成就感，恰恰相反，显得有几分沮丧。刘潇已完全记不清楚他是谁了，早就不当回事地忘了，提起我这个当年的表哥，她也是一脸茫然。很显然，十年前在南京一起游山玩水的两个男孩子，早被她忘得一干二净。曹承林拐弯抹角，吞吞吐吐地表达了自己的思念，表达了对她的情感，表达了对她的爱慕之意，结果对方不无遗憾地告诉他，她早已有男朋友了，而且已经订过婚，马上就要办喜事。

接下来，又过了十年，曹承林才与一位中学老师结婚，说起自己的晚婚原因，还是与念念不忘刘潇有关。这十年里，我们有过好几次见面，每次在一起聊天，都是听他没完没了唠叨，话题始终围绕着刘潇。我似乎是唯一可以让他倾诉的人，他见了我，丝毫不掩饰对她的思念，心灵之门立刻大开：

"我以为时间可以改变一切，事实上，时间这玩意儿什么也没能改变。"

随着时间流逝，曹承林发现他的相思有增无减，思念情绪越来越强烈，越来越不可收拾。得知刘潇婚嫁后，曾经一度，他想到自己会为了她终身不娶。这当然只是想象，真到了新婚之夜，他也激动，也兴奋，可是事过之后，仍然会想到刘潇，而且充满愧意。他觉得应该一直为她守贞，只要自己还没有结婚，只要自己还是保持着单身，那一份希望就永远存在。曹承林总是摆脱不了空洞的幻想，幻想有一天刘潇的丈夫死了，或者别的什么原因失踪，或者跟她离婚，反正他的机会终于来临，于是有情人终成眷属。

这些不切实际的幻想一直伴随着深深愧意，恨不相逢未嫁时，他既觉得对不起刘潇，也更有愧于新婚的妻子，结果自己唯一能做的就是尽可能地对妻子好。曹承林妻子是一位英语老师，结婚不久，为他生了一个非常漂亮的女儿，见过的人都说这小丫头聚集了父母优点。熟悉他的人都知道，曹承林绝对是个好丈夫，绝对是个好父亲。有一次，朋友的孩子想上他妻子的那所中学，让我找曹承林帮忙。他一口答应，很热心地成全此事，曹承林的妻子已是副校长，有点搭架子，曹承林非常认真地帮我说话：

"这家伙自小跟我一起长大，他的事，你一定得帮忙。"

曹承林妻子觉得这种朋友的朋友关系，托来托去太复杂，太不靠谱，当着我的面就让自己男人下不了台。好在最后还是帮上忙了，那女人也是刀子嘴菩萨心，表面上看很要强，对曹承林很凶，实际上很听丈夫的话。他们结婚大约十年，我听说她得了红斑狼疮，传递消息的人便是当初托我帮忙的朋友，说这种疾病很麻烦，弄不好会有生命危险。事实也果然如此，此后不久，便听说病情加重了。我那朋友因为孩子上学她曾经帮过忙，一定要拉我去医院探视，在医院里，我看见曹承林忙前忙后，认真负责地照顾，确实也够尽心尽力。

曹承林的好丈夫名声传得很远，他妻子单位的同事一致认为，要找男人，就应该找像他这样能负责任的。他妻子的病拖了好几年，一直是在死亡线上徘徊，病危通知一次次下达，又一次次转危为安。差不多有一年时间，曹承林基本上都在单位和医院之间来回，白天单位上班，晚上睡病房。明知道已经绝症，明知道没有希望，他却不计任何代价，为了买一种不能报销的进口药，差一点将自己住房卖了。模范丈夫的名声从来不曾遭受过置疑，如果不是曹承林自己说出来，人们可能永远都不会知道真相，不会知道他在妻子病危时的真实想法，大家见到的只是他的兢兢业业，只是他的心急如焚，以及丧妻时的悲痛欲绝。

一直没弄明白他是如何得到刘潇离婚的消息，在信息发达的今天，也许一个人只要有心，只要肯用点功夫，真想获得自己需要的讯息并不太难。曹承林跟我描述了当时的复杂心情，仿佛茫茫黑夜中的一丝光亮，刘潇离婚的消息让他心智大乱，立刻神魂颠倒。就好像着了魔一样，对刘潇的思念又一次开始不可阻挡，一时间，在内心深处，他竟然希望自己的妻子早点过世。大家都看在眼里，曹承林确实是对妻子好，他的照顾也确实有口皆碑，然而眼看着她的生命之花一点点枯萎，他忽然意识到，这很可能是老天爷为了成全他的精心安排。于是负罪和内疚的恐慌开始伴随曹承林，让他透不过气来，让他寝食难安，结果将妻子送往太平间之后，如释重负的他坐在门前台阶上，痛痛快快大哭了一场。

由于事先买好了墓地，妻子安葬后的第二天，曹承林便去上海看望刘潇。这个疯狂举动很出格，好在也没什么人知道这件事。在一开始，刘潇显然被激怒，觉得这事匪夷所思，太过分，觉得他太没有人情味，妻子尸骨未寒，竟然跑到上海向她求婚来了。她对曹承林的为人一点都不了解，作为一个离婚的单身女子，一个被负心丈夫抛弃的妇人，对他的突然出现，不仅没有好感，而且非常愤怒。

曹承林态度很诚恳，一脸无辜十分纠结："我已经错过了一次，这一次，说什么也不能再错过。"

"好吧，我可以告诉你姓曹的，"刘潇斩钉截铁地说，"你怎么想我管不着，我的态度很明确，我们绝没有可能。"

接下来，有关刘潇的故事，基本上都是听曹承林在说。他说我们打小一起长大，你现在又是个大作家，我跟刘潇的故事，完全可以去写一篇小说。离婚后的刘潇很潦倒，早没有了当年上海女孩的傲气，她下岗多年，与老母亲一起住在老式的石库门房子里，条件非常一般。她前夫与她一样，最初也是商业战线的职工，上世纪八十年代下海做生意，靠卖服装淘到了第一桶金，后来专职炒股票，行情好时赚钱，行情不好就在大户室打麻将，轧姘头，与刘潇离婚的时候，只给了她很小的一笔钱。

曹承林没有详细描述刘潇如何就改变了对他的态度，当然有个逐渐的过程，这一次去上海，他唯一的收获是拿到了她的住址和电话号码。回到南京，他开始不停地写信，动不动给刘潇拨一个电话过去。这样的骚扰持续了三年，她终于有点被他的痴情所动，终于下决心来南京与他会面。能下这样的决心，据说也与我母亲的一番话有关，她母亲与我母亲有一次通电话，无意中说起曹承林，问这人品行怎么样，我母亲的态度全变了，为他大打免费广告，对他的人品赞不绝口，一口气说了许多好话。

刘潇最初是住在我母亲那里，曹承林升任处长好几年，他利用手上的职权，在下属单位通过熟人关系，为她找了个说得过去的临时工作。不久，刘潇便搬到集体宿舍去住了，此时，他们双方的孩子都已成人，刘潇的儿子正准备结婚，曹承林的女儿考上了一所名牌大学，她在父亲再婚这件事上很通情达理。万事俱备，只欠东风，眼看着水到渠成，仍然让人百思不得其解，刘潇人都到了南京，在南京也找到了工作，可她还是搭足了架子，就是不肯下嫁。

曹承林为再婚做好充分准备，置换了一处新房，买了一辆车，一到休息日，便带着刘潇到郊外去玩。他表现得很绅士，对她一直彬彬有礼。刘潇说你喜欢我，对我这么痴迷，是因为不了解我，是因为距离产生了美，其实人生就这样，他如果真得到了她，也许就不稀罕了。这番话有某种暗示，同时也是一种无奈，她如今像一头迷路的羔羊，随时可以成为别人的猎物。曹承林如果现在把她带回家，或者去开旅馆，甚至就在车上，都可能成事，但是他似乎不愿意这样做，他告诉她，自己并不想随随便便，除了妻子，他没和别的女人发生过关系，他要很认真地娶她。

他的表态让对方隐隐地有些不快，刘潇说我也不是个随随便便的女人，我已经说了，我不想结婚，我不会嫁给你的，我这样的女人，不值得你那样。曹承林很严肃，很一本正经，说刘潇你难道感觉不到，感觉不到有个男人对你一心一意，感觉不到他的神魂颠倒，感觉不到他是多么爱你。

刘潇说："到了我们这个岁数，再讨论爱不爱，恐怕已没有什么意思。"

"这话什么意思？"

"没别的意思，我不过是想说，如今再讨论这些，又有什么意思呢，我们千万别把那点意思，最后弄得不好意思。"

虽然两人都不想随随便便，结果仍然免不了随便，他们很快就同居了，很快就不再遮遮掩掩，很快就把那点意思，变成不好意思。没有夫妻之名，却有了夫妻之实，那是曹承林一生中最快乐的日子，天天都跟做梦一样，他们游山玩水，从国内玩到国外。光阴似箭时间倒流，青春已经不再，曹承林却仿佛一下子又回到了青少年时代，很显然，世界上再也没有什么能比初恋的日子更美好。他非常满足，说自己现在终于明白了幸福这两个字的真实含义。

然而，美好的日子看来都是不长久，也必定会有不愉快，会有新的烦恼。刘潇始终都在避免他们何时结婚的话题，谈得更多的只是儿子的婚事，经常是和儿子的父亲在电话里唠叨。曹承林发现刘潇一直与前夫保持着联系，他们没完没了地讨论儿子的婚礼，讨论房贷，讨论儿媳妇家的种种是与不是。每当遇上这样的电话，曹承林都会有些尴尬，回避不是，不回避也不是。他不得不表现出一种宽宏大量，表示他们的通话有情可原。

这样的交谈总是用吴侬软语的上海话进行，上海人往往以为外地人听不懂他们说什么，偏偏曹承林这个南京大萝卜，她说的每一句话都懂。

最后的结局不可思议，刘潇做了一个匪夷所思的决定，居然选择了要与前夫复婚，曹承林感到意外，她自己也意外。对于这个近乎戏剧性的决定，刘潇做出了解释，她觉得自己太对不起儿子，儿子结婚费用都是父亲出的，作为一名经济上潦倒不堪的母亲，她唯一能给儿子的礼物，就是与他父亲复婚。这当然也是儿子的愿望，在离婚这件事上，儿子始终坚定不移站在母亲一边，现在，即将进入婚姻殿堂的儿子，最美好的一个愿望便是母亲能够重新回到父亲身边。

曹承林与刘潇的分手多少有些让人不解，也让人感伤，他们一起驱车来到紫霞湖畔，坐在岸边，看着茫茫水面发怔。风景依旧，离他们不远处，竖着一块很大的"禁止游泳"广告牌，曹承林问刘潇是否还能记得当年情景，说要不是她出手相救，他早就淹死在这湖里，因此说她是救命恩人一点也不过分。刘潇笑而不语，她知道真相不是这样，真相是他差点为她丢了性命，如果不是为了陪她玩，不会游泳的曹承林不可能下水，如果他真淹死了，她会感到一辈子的内疚。

大家都不知道说什么好，刘潇看着闷闷不乐的曹承林，说我早知道我们会是什么结局，结局其实早就注定好了，我刘潇离开你曹承林，再也找不到像你这么好的男人，你离开我，还有太多的女人可以选择，现如今，你这样有房有车的公务员，不要太吃香，你也用不着太难过。

气鼓鼓的曹承林无话可说，他还是有些舍不得，心有不甘，嘀咕了一句：

"那为什么还非要跟我分手呢？"

该说的话都说了，真到了分手时，说什么不重要，也没什么意义。人生相遇，假如都是命中注定，那么分手也是。临了一幕出人意料，不是他们最后又说了什么，而是看见的一个画面，既让人目瞪口呆，也让他们哑然失笑。时间已深秋，黄昏时分，很有些寒意，在几十米远的地方，突然出现了一位三十多岁的女子，身材高大，很丰满，她回头四下匆匆扫了一眼，若无其事背对着他们，光天化日下换好游泳衣，然后下水，义无反顾地游向对岸。

二〇一二年六月十七日　河西

美女指南

大约五年前,我的一位大学同学成为本省的副省长。毕业二十多年,这位女同学一直在北京混,仕途得意一路上升,此次下放,据说也是为进一步提升做准备。有一天,秘书打电话过来,说吴省长想跟我一起吃个便饭,问有没有时间。我说与领导一起吃饭的时间肯定是有,只是不知道日子。秘书说这个肯定要事先沟通,我们准备好了会通知你。于是初步选定时间,说好某一天。快到日子,秘书来电话,说就定在那天,到时候派车来接你。隔了一会儿,又来电话,说吴省长有重要会议,要改日子。

前后折腾几次,终于定下来,一辆黑色小车把我接到吃饭地点。不止我一个人,本地几位同学都到了,吴省长谈笑风生,看到我,满脸红光喊道:

"太好了,大作家总算来了,想不到见你一面真不容易。"

其他同学便跟着起哄,说大作家就架子大,果然姗姗来迟。吴省长又继续调侃,说你怎么可以空着手来,这么多老同学,也不带几本书。我呵呵一笑,懒得解释,本来倒是准备了一本书,临走时匆忙,竟然忘了拿。幸好忘了,要不然光给她一个人送书,眼里只有领导,其他的老同学必定讽刺。这年头给朋友送书很难,不送吧,说你眼里没人,送了,又有讨好拍马之嫌。

同学聚会就是喝酒,我不善饮,自然又被一通调笑。吴省长说,知道你为什么只能是大作家,而不是伟大作家,原因很简单,就是因为不能喝酒,不能喝酒还当什么作家呢,看看人家李白,看看人家杜甫。当年一起读书,她在班上年龄最小,比年龄最大的班长小十四岁,那时候,梳着两条小辫子,还是个青涩的女中学生,一说话脸就红,现如今,经过几十年历练,已完全是个成熟的女官员。

酒过无数巡,吴省长突然变得一本正经,非要我先把杯中的酒一饮而干,然后现场办公说正事。她笑得有些诡秘,说既然大家都老同学,你这面子一定要给,这忙一定要帮,一定不许拒绝我的请求。本来喝酒就喝酒,她这番话很矫情,一个春风得意的成功女人,都当上副省长了,要什么有什么,能呼风,敢唤雨,对于我这样一个靠小说混点虚名的作家，还会有什么了不得的请求。我们碰了碰杯，一口将杯中的酒喝了，是那种两斤装的茅台，懂行情的都说好，我对酒是门外汉，味道差不多，都一个味，就觉得够劲，辣得狠。

吴省长还兼着计生委主任，过去我一直弄不明白这衙门是干什么的，经过一番咨询，终于弄明白，原来它和作家协会一样，也是个堂而皇之的正厅局级单位。当然，所谓弄明白，也就知道这么多，我跟她开玩笑，说想不到你还兼管计划生育这样婆婆妈妈的事。吴省长脸上露出一丝不屑，说计划生育难道不重要吗。如果不是副省长，只是老同学，我很可能会继续开玩笑。我很可能会说，再重要不也就是不允许生第二胎，就是发发避孕套吗，话到嘴边咽了下去。

吴省长开始跟我商谈正事，说计生委有个很不错的内部杂志，已办了好些年，现在终于有了正式刊号，即将公开发行。出于对这杂志的重视，她将亲自挂帅，身兼杂志社社长，目前正在物色一个有点名气的主编。考虑了很多人都不合适，最后，她突然想到了我这位老同学。

做梦也没想到当了许多年的专业作家，我会成为一位杂志社的名誉主编。这有些莫名其妙，以为自己会坚决拒绝，朋友们也不相信我会去兼这差事，结果却是稀里糊涂答应了。说好只挂个虚名，具体事情由执行主编去干，当时的气氛就这样，吴省长根本不允许商量，她不断提高嗓门，说今天当着这么多老同学面，你要是不肯答应，别想离开这个大厅。反正这事她说定了也就算是定了，行得行，不行也得行，不由分说地吩咐服务员再打开一瓶茅台，让大家继续喝。在场的同学一个个都喝高了，跟着起哄，说好了好了，别给脸不要脸，借你老兄的一个虚名，又不是真看中了你本人，搭什么臭架子，你他妈何德何能，不要那么矜持好不好。

生活中我从来不是个顶真的人，那天一直小心翼翼，不想让大家把我灌醉，结果我确实没醉，起码有两个同学醉了，大醉，一个当场跑去卫生间呕吐，另一个竟然号啕起来，他曾经追求过吴省长，大概是又想起了当年。大家都以为吴省长会喝醉，为了逼我就范，她面不改色地连干了三满杯。我们的老班长发话了，说你这主编一定要答应，人家小吴已喝成这样，不要说当个小主编，让你干什么都不能拒绝。吴省长眼睛也红了，说我就喜欢班长叫我小吴，今天我们是老同学聚会，不答应也得答应，要是不答应，我立马再喝三杯，你信不信，来，服务员，给我倒酒。她这么一嚷嚷，不仅把我唬住了，在场同学都吓得不轻。

结果吴省长一点事都没有，她酒量真是惊人。我最终还是答应了她的请求，答应挂名誉主编。荒唐之处在于，虽然已答应挂名，这个刊物的正式名称还没有最后确定。由于此前只是内部刊物，它有个名字叫"妇女之友"，现在要公开发行，突然发现东北某省有一家同名刊物，工商部门不可以注册，必须要有一个新名称才行。于是开始折腾，一会儿叫《美女》，一会儿叫《妇女指南》，一会儿叫《美人计》，最后才定名为《美女指南》，一个听上去非常糟糕的刊名。

刊号还没定下来，我已开始后悔，一次次想打退堂鼓。很显然，我这人不适合当主编，尤其不适合《美女指南》这种时尚刊物。吴省长每次都是安慰，说作家也要深入生活，说你想管事多少管一点，不想干事挂个空名，进可攻退可守，这样多好。

最初的想法只是帮着组稿，既然老同学如此看重，能出力就出些力，毕竟文坛上混了这么多年，好歹认识几位作家。这年头有钱就好办事，有人就能办事，《美女指南》抛向文学界的重磅炸弹，是每期配发一篇精品短篇小说，一篇一万块钱，如此肥约，不怕最好的小说

83

家不上钩。重赏之下必有勇夫，我们的刊名虽然俗气，有些低级趣味，可是事在人为，大家只要齐心合力，内容方面完全可以做到不俗。事实上组稿意想不到的顺利，我给朋友们打电话，开口先说稿费，然后以美国的《花花公子》刊登优秀短篇为例，让大家为我写稿。小说界的同行大都很给面子，都说这个忙义不容辞，有哥们干脆跟我玩笑，说你们那刊物步子也太大了，总不至于要弄一本中国版的《花花公子》吧，你们真敢登那样的图片？

说老实话，《美女指南》想办成一本什么样的刊物，心里没有底，不仅我弄不清楚，身兼杂志社社长的吴省长也不太明白。在创新精神鼓舞下，当时只有一个最朴素的愿望，当然也非常浪漫，要创办绝对一流的刊物。所以敢说一流，因为杂志社有个非常现成的精英团队，精英这两字也不是我随口说说，上上下下都这么认为，官方和民间都一致看好。团队成员在一起磨合已久，志存高远，很想做出一番事业惊天动地。执行主编老蔡是留英学生，学传媒出身，本名叫蔡祖文，她觉得这名字不好，无论笔名网名，都用"老蔡"，是名头很响亮的网络红人，新女权主义的代表人物。手下一班能打敢杀的精兵强将，譬如主笔王影，人漂亮，文章也漂亮，什么文章都能写，什么文章都能写好。又譬如主编助理毛薇，完全是个优秀的大内总管，搁剧组是第一流的制片主任，搁证券投资公司是第一流的基金经理，里里外外一把抓，什么事都能给你办好管好。其他诸如艺术总监运营总监创意策划，都是大有作为的年轻人，清一色娘子军。

我这挂名的主编更像个不拿薪金的打工仔，虽然很受尊重，但是她们想到我，通常只是催稿，催我所组的那些名家短篇小说。有时候人家出国了，老婆生病了，孩子考大学了，割痔疮了，陷入婚外恋了，反正只要不能按时交稿，她们便唯我是问，电话里一个劲发飙。再强悍的女人都难免有女人的毛病，除了向我埋怨，对名家的小说也是口不择言，有的小说写得非常好，或者说也不至于那么差，她们却看不太明白，横挑鼻子竖挑眼，结果好不容易组来的稿子，到她们手上，倒好像是托熟人走后门要照顾的关系稿。

幸好为了表示清白，避免以权谋私，我没有跻身名家行列混稿费，否则一万块钱一个短篇，还真让人说不清楚。搁今天，有人可能不稀罕；在五年前，一个短篇挣一万块钱，也不算少了。老蔡因此很不服气，对名家的高稿酬不止一次表示不满。我说多给些钱能有什么错呢，想当年人家《花花公子》刊登小说也是黄金开路，绝对高稿酬，而且高得离谱。这只是随口一说，实际上我并不知道人家给了多少银子。老蔡说这个事没办法比较，《花花公子》上可都是海明威那样的诺贝尔文学奖得主。

我笑着说："海明威的小说，也不能全是精品力作呀。"

老蔡的咄咄逼人，有时候真叫人下不了台，她算不上是大美人，当然也不算难看，甚至可以说挺耐看。典型的高级白领，何时何地都是正装打扮，化妆非常到位，一副神圣不可侵犯的样子。老公跟她一样也是海归，也是成功人士，在一所大学当商学院院长，据说手上捏着好多股份，经常在本地电视节目中亮相。《美女指南》听上去更像一本不登大雅之堂的软性刊物，不过老蔡很有信心，坚信经过团队的努力，经过巧妙运作，依附体制而又不被体制所限，尽量使利益最大化，最终便能达到让刊物上市的宏伟目标。

一个刊物的最后目标是在证券公司上市，在我看来简直就是天方夜谭。编辑部的同仁都相信会有这一天，连吴省长也欣赏这样具有创新的想法，她们一致认为，那种靠政府出钱豢养的体制内刊物，那种老套的办刊思路，迟早都会被淘汰，注定寿终正寝，光明正大地走市场是必然趋势，也是唯一出路。老蔡喜欢以《花花公子》的例子来为我开窍，她说一般人心目中，都以为美国的《花花公子》是一本色情读物，只知道上面有很多美女的裸体照片，不知道它骨子里其实非常保守。

时代风气完全变了，我一向不愿意承认自己落伍，可是和《美女指南》的编辑们在一起共事，讨论稿子，动不动跟你讨论《花花公子》，你会觉得这场景很荒唐很滑稽。在年轻人眼里，《花花公子》也许已经不够色情，不过在我这个落伍的人看来，它就是一本地道色情刊物。忘不了自己第一次面对时的窘迫，那是刚粉碎"四人帮"不久，美术界开始讨论世界名画上的一丝不挂，记得是在堂哥客厅，几位画画的哥们大谈艺术，最后说到了伟大的莫迪里阿尼，吵得不可开交。我在一旁百无聊赖，茶几边上堆着一大垛杂志，其中有两本就是《花花公子》，我无意中将它们打开了，香艳性感的裸体女郎扑面而来，那种震撼真无法用文字描述。

有人问挂名这个名誉主编，动不动就与玩时尚的女编辑们打交道，会有些什么不一样的感受，我的回答是除了落伍，还是落伍。为了消除别人误解，或者说让别人有所了解，我常常要重复王朔的段子。这段子在圈子里已广为流传，也不知道真假，据说他到了美国，从小说《玩的就是心跳》里随手挑了一段交给《花花公子》发表，结果竟然被人家退稿了，理由是"太黄色"，要知道同样的文字曾在国内最著名刊物上公开发表，一点问题都没有。

《美女指南》光看名字，是本容易让人误解的娱乐刊物，其实事在人为，它的定位非常明确，就是立足于高端白领，全面服务白富美，如果说美国的《花花公子》针对男性所向往的高水平生活，那么《美女指南》便是力图为当下女性打造一种全新的认知态度和生活方式。《花花公子》让男人在私下里消费女人，《美女指南》号召女人公开地消费男人。每次应邀参加编委会的选题策划，我都有种多余人的感觉，仿佛参加一次火星人召开的会议，既不了解风情，又根本不懂时尚，讨论什么都插不上嘴。

我一再强调自己不拿《美女指南》的一分钱，从来都是默默奉献。作为一名体制内作家，拿着一份不甚光彩的薪水，屡屡有种见不得人的内疚。很多人认为这是中国作家写不出好作品的根本原因，我既然没有勇气放弃，头上始终顶着体制的帽子，甘心被包养，那么对于这份刊物，权当着学雷锋做好人好事。此外从理论上说，或者从情理上讲，我都有买单请客的权利，可以名正言顺地宴请各路作家，但是从来没这么做过，一来我对上馆子毫无兴趣，二来也觉得用公家的钱招待朋友喝酒，多少有些缺乏诚意。我们已经被人骂得够呛，已经得到太多好处，为了吃吃喝喝又再增骂名，何苦呢。

事实上在我之前，编辑部有过一位管事的陈主编，一个看上去有几分帅气的中年老男人。这位陈主编极度的婆婆妈妈，是事都要管，是工作都要过问，结果呢，什么事都管不好，什么工作都做不到位。男女搭配干活不累，编辑部安插了一位异性领导，鲶鱼效应没达到，工作效率没增加，麻烦倒是增添了不少。共事的女编辑很失望，我第一次参加编辑部会议，听到的全是负面故事，以后断断续续又听说不少。作为一名坏男人，陈主编不过是刚起步，然而对女性图谋不轨可能会有的笑话，应有尽有洋相百出，其中一个段子最为著名，他居然试图勾引主编助理毛薇。乱花渐欲迷人眼，近水楼台先得月，当领导的追求女下属在今天并不新鲜，编辑部美女如云，未婚已婚离婚再婚，陈主编眼花缭乱，弄得最后，偏偏挑选了一位不喜欢男人的拉拉。

这是个让人百思不得其解的案例，也许男人都图省事，都希望找到容易下手的猎物，也许毛薇过于大大咧咧，看上去没心没肺。有一次召开全国发行工作会议，大家都住在酒店，陈主编突然显得很英勇，义无反顾地发起了攻击，他冒冒失失走进了毛薇的房间，语言轻佻，大打攻势足球。毛薇正跟女友视频聊天，陈主编标准的党政干部出身，见不多识不广，完全不知道视频为何物，结果所有对话和图像资料全被记录在案。

"看来我们有同样的毛病，"看着落入陷阱的陈主编毫无防备，毛薇忍不住要笑，她偷偷地调整了一下笔记本电脑，将那上面的自带摄像镜头对准他，不无讥讽挖苦地说，"我们都有着同样的爱好，都是喜欢女孩子，都喜欢美女。"

陈主编说："我不喜欢美女，我就喜欢你。"

"这话适合对所有的女孩子去说。"

"不，我就对你一个人说。"

"编辑部那么多漂亮的女孩子，为什么你要看中我呢，不过也许，你已经跟别人说过了。"

"绝对没有，我真的就只看中了你一个人。"

毛薇决定摊牌，直截了当地告诉对方自己的性取向。她告诉他自己讨厌男人，不管什么样的男人都不喜欢。陈主编不相信，说不喜欢只是因为不明白男人的好处，说他有办法让她喜欢，让她知道男人的种种厉害。接下来一番话不堪入耳，注定要在日后成为大家的笑柄，同事们闲着无聊，就会拿出这个段子来解闷，有时干脆再看一遍真人秀，总算手下还算留情，没把这视频公布到网上去。

陈主编不得不灰溜溜请辞，非常狼狈地走人。作为老同学，吴省长对我进行了很及时的善意提醒，常在河边走，哪能不湿鞋，这话绝对不能当作借口。人活着，要有八荣八耻，前车之鉴放在那里，伴君如伴虎，美女就是老虎，不是老虎，起码也跟狮子差不太多。好在我这人胆子小，惹不起躲得起，不用提醒也会很老实。既然只是挂个主编虚名，我始终抱定了三不管原则，不问稿子，不问账务，更不过问人事。前面说的名家短篇是个例外，偏偏有人不明事理，冒冒失失地就向我投稿，有人向我打听买版面的情况，花多少钱都在所不惜，更荒唐的是还有人希望通过我，在编辑部找一份正式的工作。

有一天忽然来了一位美女杨，也看不出具体年龄，打扮得很时髦很妖娆，香水味浓郁，天知道她如何获得了我的地址，带着出版的几本新书，开门见山先把自己一顿猛夸。然后就大提建议，说最近几期的《美女指南》存在什么不足，还能够有什么样的改进。她激情迸发口若悬河，语气仿佛早已是《美女指南》的编辑，全然不顾我的目瞪口呆。绕了半天，我才明白她是想到编辑部工作，登门拜访只是为了应聘。用这种信心爆棚的方式求职，尽说些咄咄逼人很强悍的大话，高调高调再高调，虽然让人感到意外，感到很茫然，然而恰恰是《美女指南》努力向女性朋友推荐的一种谋生策略，事实证明它很可能有效。

终于有插嘴机会，我告诉香气扑鼻的美女杨，自己这个名誉主编只是挂职，根本不管事的，跟我说什么都白说，她真想求职，真想成为编辑部的一名成员，应该直接去找执行主编老蔡，或者去找主编助理毛薇。我非常不当回事地就把她给打发了，过了没几天，老蔡给我打电话，说我跟毛薇研究过了，你推荐的那个人挺会说话，如果你真觉得不错，我们可以考虑试用，编辑部现在正缺人，也许她是个很不错的人才。让人大跌眼镜的结局，编辑部很轻易地就录用了美女杨，而且上上下下都认为是我强力推荐，都觉得她是我的一个熟人，录用她就是给我面子。

事实上，我从未向任何人推荐，不知道美女杨在背后说了什么话，反正大家一致这么认定，越辩白越黑，越解释别人越不相信。好在一开始只是试用，合则留，不行便可以请她滚蛋，对于编辑部来说也没有任何风险。没想到这位美女杨还真是人才，有着超强的组稿能力，每当策划了一个什么不错的选题，她总是能在最短时间，将最需要的稿件拿到手上。除此之外，她的文笔也说得过去，偶尔赶两篇急就章文字，反响都很不错。

《美女指南》的发展势头一度非常好，发行量猛增，被转载被引用文章位居同类刊物前列，是白领或者希望成为白领的教科书，深受时髦女性欢迎。过了一年多，吴省长不再兼任社长一职，我连忙打电话请辞，不愿意继续枉担虚名。吴省长正在去开会的路上，说好吧，你既然那么在乎自己名声，我也不再强求，什么时候一起再吃个饭，我们好好谈谈这事。这以后不久，饭局安排好了，不是吴省长请客，而是另一位大学同学李国辉买单。李毕业于历史系，与我们同届不同系，按惯例凡混好的阔佬，只要同一所大学毕业，都可以沾光称为同学。他是一家优质上市公司的副总，年薪是天文数字，选了家豪华餐厅，点了澳洲大龙虾，每人一份鱼翅，剩下的全是非常昂贵的素菜。

李国辉全家都在，全职在家的太太，大学刚毕业的儿子李尔王。这顿饭的目的很简单，李国辉想让儿子到《美女指南》编辑部上班。我听了就笑，根本不把这事当事，说只要吴省长一句话，还不是水到渠成。吴省长也笑，说老同学不要这样不讲义气好不好，别光想着往人家身上推，我姓吴的早已不再兼社长了，你好歹还是个没去职的主编。李国辉太太吃准了我们不会不帮忙，她现在只是为儿子的选择感到无奈，解释说本来要把儿子送到国外，现如今像他们这样的家庭，哪有不把孩子送出去的道理。他们的宝贝儿子是个不折不扣的工科男，成绩一向拔尖，是个听话的好孩子，本科是同济大学桥梁专业，在国内这是最吃香喝辣的顶尖专业。没想到他本科刚毕业，突然叛逆起来，突然对造桥不再感兴趣，现成的公费留学瑞士机会也坚决要放弃。

李尔王进入《美女指南》编辑部远比想象得要困难，既然吴省长不太方便直接出面，只能让我先硬着头皮与老蔡和毛薇商谈。我老实不客气地把这层意思说了出来，她们互相对看，眉头紧锁一声不吭，半天不肯表态。事后毛薇才跟我说明原因，为什么她和老蔡当时会犹豫，为什么不敢一口答应，理由很简单，像这样有背景的男孩进入编辑部，弄不好会是一块很烫手的山芋，进门容易出门难，真进来了，就算是不适合做编辑工作，也没办法将他撵走。经过了一番操作，经过几次讨价还价，李尔王最后还是进了编辑部。不过，等他正式开始上班，我已经不再挂名主编，编辑部我本来去得就少，现在干脆不去了，因此从来也没看过他上班的样子。

李尔王开了一款原装的大众越野车去编辑部上班，这车据说比宝马都贵，他妈怕儿子太扎眼，千叮咛万嘱咐，关照他不许跟别人说这车的价格。美女编辑个个是网络高手，外语都好，都会上网搜索，很快弄得一清二楚。大内总管毛薇有些看不惯，为了刹他的威风，便让新来的李尔王打杂，既然你会开车，编辑部接人送客，去印刷厂拿样刊，陪会计到银行去取钱交电话费，什么事都让他干。偏偏李尔王没心没肺，是个精力过剩的大男孩，中等个子，浑身都是结实的肉疙瘩，体重早就超标了，让他干什么都兴高采烈地去做。

作为一个富二代标本，李尔王很快成为编辑部的热门话题，同时也引发了《美女指南》的专栏大讨论。主笔王影和美女杨为富二代与官二代孰优孰劣，各自化名展开笔战。这样的辩论很容易引人注目，刊物上轰轰烈烈，网络和电视媒体趁机跟着起哄。我对这样的争议毫无兴趣，然而旧话题没完，新话题又源源不断。一开始，大家都不相信李尔王没谈过恋爱，在今天这样一个全面开放的世界，一个家庭条件如此优越的男生，大学毕业了居然还是处男，简直就可以算作奇迹。人们很认真地探讨他守贞的原因，最后得出结论，既然不是同志，肯定是被电脑游戏祸害，这位傻乎乎的工科男好像还没来得及对女孩子有兴趣，一逮着空闲，就会全力以赴地玩电脑游戏，而这恰恰是他不肯去瑞士留学的真正原因。

李尔王又白又胖，走路的样子很滑稽，有点同手同脚，有点像唐老鸭。女编辑都喜欢拿他取乐，私下里打赌，赌他什么时候破处，赌会是什么样的女生将他拿下。她们开始接二连三地为他介绍女朋友，编辑部内的未婚女性都有幸成为玩笑对象，对这样的插科打诨李尔王来者不拒，照例不把这事当回事。很快吴省长又平调北京，为什么是平调，大家想不明白，有人说是过渡，也有人说年纪差不多了，仕途已到头，反正说走就走，说好一起吃顿告别饭都没来得及。

这以后，《美女指南》的事我知道得越来越少，偶尔有人会云里雾里地跟我来一段八卦，基本上也是听了就忘。上市的希望看来已经没戏，所谓期刊改革只剩下一些空洞口号,老蔡差一点离婚,毛薇差一点结婚,这些事搁别人身上都不算新闻,具体到她们两人就都是。老蔡的海归丈夫养了一个电影演员当小三,毛薇想成为中国第一对公开结婚的同性恋者。当然更多话题还是与年轻的李尔王有关,鲶鱼效应终于产生了,女生成群结队的地方,有个不错的未婚男孩子会特别吃香,在编的不在编的人员太多,不止一位女孩开始看上了李尔王,编辑部渐渐成为争夺他的战场,年轻的争奇斗艳,有点岁数的也不甘示弱,主笔王影和美女杨公开决裂,为了李尔王打得不可开交。

群雌争雄,结局出人意料,美女杨最终高调胜出,将猎物攫为己有。更出人意料的是,最后我居然还会成为美女杨和李尔王的证婚人。由于事前一无所知,美女杨挺着大肚子来找我的时候,希望我能参加她的婚礼,并且作为证婚人说几句话,我的惊愕在她看来有些做作。我的一举一动都仿佛是故意装糊涂,好在她很快就相信我不是在演戏:

"我以为全世界都知道了,没想到你还蒙在鼓里,喂,你是不是真的觉得很意外?"

"有点意外。"

美女杨比李尔王足足大了十一岁,即使在姐弟恋已不再是什么新闻的年代,大十一岁听上去也会让人一惊,静下心来想想也就那么回事。惊愕过后,我显得很平静,美女杨也很平静,我们看上去都很平静。

"你不会相信,你肯定不相信,"美女杨的眼睛瞪得很大,非常无辜地看着我,解释为什么要隆重举行婚礼,"这完全是李尔王的想法,你不会相信的。"

"我相信。"

"不,你根本就不相信。"

据说李尔王父母最初选择《美女指南》编辑部,只是想让儿子远离电脑游戏,他们希望一个美女如云的世界,可以让李尔王尽快从《魔兽世界》中解脱出来。他们突然意识到,到了儿子这岁数,在男女问题上仍然一片空白,绝对不是什么好事。男大当婚女大当嫁,瓜熟蒂落盆满则溢,好枪不用也会生锈,荷尔蒙应该有个正当的去处,然而事态发展远远超过想象,李尔王没有完全从《魔兽世界》走出来,却以最快速度走进美女们的乐园。他以非常草率的态度,完成了几次没有结局的恋爱,最终又把目标锁定在了早已有男朋友的美女杨身上。

李尔王的父母显然不赞成这桩婚事,这事听上去就荒唐和不靠谱。擦枪走火也就罢了，轰轰烈烈还要步入婚姻殿堂，找一个年龄如此悬殊的女孩，搁谁父母身上都不会乐意。事实上，按照美女杨的说法，她自己只是相信爱情，相信缘分，根本不在乎婚礼这种仪式，别人有什么议论她都不在乎，还会在乎一个婚礼仪式吗。可是天真的李尔王在乎，他突然非常地在乎起来，坚持要在孩子出生之前，举行一场正式的婚礼。

如今的婚礼都由婚庆公司出面操办，有一套正经八百的固定程序，必须有个证婚人出来念证婚词。举行婚礼那天，编辑部的同事悉数到场，活生生挤了三桌，大呼小叫就数她们最热闹。主笔王影当众与美女杨亲切拥抱，好得像一对亲姐妹。相逢一笑泯恩仇，美女杨的前男友也来了，带着年轻的新女友，看上去仿佛一名未成年少女。新郎新娘的父母自然都要到场，两位父亲穿着很正式的西装，一团和气冰释前嫌，他们的年龄差距更大，美女杨的爸爸老年得女，都已经七十多岁。婚礼出奇隆重，婚庆公司很会营造气氛，写了很详细的脚本，按部就班彩排了好几遍。证婚词是别人写好的，大致意思都差不多，到时候，我只要上台照本宣科读一下就行。

美女杨的肚子已经很大了，行动不是很方便，还要惦记着照顾李尔王,她的一举一动,都会引起哄堂大笑。这是一场让人感到快乐的婚礼,喜气洋洋声势浩大,大厅里摆满了桌子,我坐在主桌上,不断地被敬酒。同桌的老蔡存心想灌醉我,当众抛出一个根本不存在的话题,一口咬定是我把美女杨和李尔王弄进了编辑部,然后又是我一手策划,成全了这两人的好事。事实真相已不重要,弄得我有口难辩,最后便三人成虎,异口同声,我不只是证婚人,而且成了红娘和媒婆。

婚礼上,许多事我都是第一次知道。美女杨的祖父是名院士,父亲是退休的正厅级干部,外公的官也很大。除了岁数有差距,新郎新娘也还算是门当户对;在一个婚姻自由的年代,就算不门当户对又怎么样。李尔王母亲从头到尾都不太高兴,我的老同学李国辉毕竟是场面上的人,跟我大谈已去北京的吴省长,以一个文学爱好者的身份,没完没了大谈小说。他对我十年前的一部长篇评价很高,为它不被文坛重视而愤愤不平,我觉得在婚礼上谈这个非常不合时宜,为什么我们不能谈些别的轻松话题呢。好不容易不谈文学,清静了一小会儿,我上台去念证婚词,重新回到桌位上,李国辉又开始喋喋不休:

"我们学历史出身的人,有一点想不太明白,你们作家一个个妙笔生花,什么都能写得栩栩如生,都写得那么生动。"

我很费力地听他说话,胡乱点头,周围的大呼小叫实在太响了,太闹。

李国辉继续议论:"有些事,譬如现如今的年轻人想什么、做什么、怎么做,你们根本不可能知道。"

"你说得对,我确实是不知道。"

"那你怎么写呢?"

我笑了,赶紧将这话题转移开,说我已经老了,没想到要写他们。

"谁会来写呢,总得有人写吧,电视上倒是成天在演戏,在说他们的故事,可我觉得一点都不像,都胡说八道,都胡编乱造,害得年轻人越来越走火入魔。"

我无言以对,不知道如何回答,好在有人过来敬酒了,这个话题到此结束。

二〇一二年七月二十八日　河西

再痛也没关系

1

十多年前,房改还没有开始,所在单位集资盖房,价格十分便宜,今天看来就像白送。终于有了一套五楼的房子,130多平方,在此之前,差不多有二十年,居住的地方终日不见阳光。朋友们都笑我有卡夫卡的风格,说我的小说总是有点阴暗,一个见不到阳光的人,怎么可能写出那种真正有阳光的故事呢。

新房钥匙还没到手,便开始仔细琢磨。几位美术界的朋友自告奋勇,要为我设计,并把木工老佟介绍给我。老佟来自苏北宝应,有一手非常不错的手艺,过去三四年中,一直在美术界圈子里搞装潢,不断接受艺术家们熏陶,他的活越做越漂亮。房改开始前,住房都是公家分配,大家也没什么精装修概念,只有美术界的人才会把房子当作自己的作品来设计。

我与老佟第一次见面，在一位熟悉的画家朋友家里。本来只是去参观，美轮美奂的装潢设计，让人目瞪口呆，立刻要求依葫芦画瓢。画家朋友笑了，说完全一样肯定不行，也没那个必要，万一以后有人跑到你家，说怎么跟那谁谁家一样，这多没意思。

于是给老佟打电话，当时手机还没普及，只有大款才玩得起，老佟还是用BP机，不一会儿，回电话过来，又过了一会儿，他坐公交车赶来了。

2

与老佟合作得非常愉快，第一次跟我见面，他便申明自己的两个特点，一是活讲究，价格可能有点贵，二是慢，要慢慢来，不能着急。事实证明果然如此，他的活确实讲究，也确实够慢。先说讲究，买什么木料，不是主人说了算，而是他做主。老佟带我去装潢市场转了一圈，直奔一家木行，走到一堆木料前面，让我当场掏钱购买，说他早就预付过订金，说这木料的干燥度正合适。

老佟说："都带你看过好几家，这一家的榉木并不比人家贵，你只管付钱好了，不会错的。"

老板娘与老佟显然熟悉，不冷不热过来招呼。尽管后来一再否认，说这时候和老板娘绝无瓜葛，他们还没有发展成那种关系，但是我似乎已看出一些端倪，看到了蛛丝马迹。接下来，免不了讨价还价，老佟一边帮还价，一边不断跟我暗示，说这价格真的不贵。我注意到那些木料顶端确实写着老佟的名字，还有日期，包括已付的订金数额，心中略有疑惑，还是爽快地把钱付了。老佟很快也承认，买这些木料可以拿百分之十回扣，不过回扣转眼又成为订金。

事实上拿回扣没影响过老佟声誉，这种行为几乎是公开，光明正大，反倒显得特立独行。当时各种各样的装潢公司开始出现，报纸上纷纷打广告，价格便宜得离谱，然而人们更相信熟人之间的介绍。我的新家很快成为样板房，成为最好的活广告，不时会有人过来参观，眼见为实，很多参观者当场拍板。一时间，老佟炙手可热，订单多得忙不过来。我向别人作介绍，通常也会把他拿回扣的故事先说出来，既然搁在明处，丑话说在前面，先预订木料也就成了他的招牌。作为一名有品位的木匠师傅，实木家具才能真正展示技术，老佟只认实木，说起复合地板，总是一种不屑口气，说不是木头，那是塑料。

老佟的慢十分惊人，慢工出细活，他拖时间几乎到了让人崩溃的地步。装潢前后延续近八个月，临了他自己都觉得不好意思。好在我也不是真着急，那段日子，正在写一部长篇，反正没人盯着要那套旧房，拖就拖吧。通常情况下，我白天写小说，晚上过去看看。老佟同时接了好几家的活，套着做，我过去看进展，经常一起胡说八道，他很愿意跟我闲聊。

那时候老佟也就三十出头，一再提起当年差一点上大学的经历。也不过差了几分，他爹说你不是读书的料，就学点手艺吧。人生有时候便被那该死的几分决定了，其实在读书的日子里，无论小学中学，老佟一直都是班上成绩最好。除了遗憾不能上大学，他很羡慕作家，说在学手艺的岁月，看过很多文学作品，最喜欢金庸的武侠小说。跟我接触后，又成为我的读者，不过评价并不高，老佟觉得读熟人写的东西，这很有趣。

在闲谈中，不止一次跟我说起儿子小佟，这一直是他的心病，老佟怀疑小佟很可能不是他儿子：

"这话按理不应该说，说出来让叶老师笑话了。"

我不知道如何应对，看他脸色沉重，也只能陪着一起皱眉头，一起叹气。

"叶老师知道DNA吧？"

我似懂非懂地点了点头。

"一直想带他去做这检查，不瞒你说，现在都后悔了，毕竟儿子大了，懂事了，应该早一点带他去。"

说过这话不久，老佟带着儿子一起做亲子鉴定，这事想象中很困难很可怕，真正操作起来非常容易。接下来等待结果，是他一生中最受折磨的日子，整晚上都在做噩梦。好在结果令人满意，小佟千真万确是他儿子。老佟长舒了一口气，知道自己这么做，有点对不住儿子，对小孩子会是一种严重伤害。没想到儿子会跟他一样心事重重，老佟心里忐忑，小佟也跟着忐忑，老佟心头一块石头落地，小佟也跟着石头落地，老佟心情良好，小佟也心情良好。

老佟非常严肃地跟儿子说："验出来，你就算真的不是我儿子，我还是会像疼亲儿子一样疼你。"

小佟不说话，不发表任何意见。后来他大了一些，终于说出实话。小佟说你要不是我亲爹，你如果不是我亲爹，我可不会那样。

3

以后一段日子,老佟很有些春风得意。房改开始了,全国人民都在轰轰烈烈搞装潢。老佟也结束BP机时代,配置了一部摩托罗拉手机,成为装潢大军中最早拥有手机的小老板之一。手机在今天已不是什么稀罕之物,在十多年前,足以让人眼睛一亮。老佟配置手机起码比我太太要早两年,我太太又是我们家最早拥有手机的人。记得有一次老佟问起我的工资,忍不住笑起来,说叶老师你不会只拿这点钱吧。或许是怕我下不了台,他很认真地又安慰了一句:

"不过有这么多钱,过日子也够了。"

我第一次看见小佟,那时候他刚上小学。一个很俊俏的小男孩,两个眼睛炯炯有神,对陌生人充满警惕。老佟带他出来,大约就是为了做DNA,老佟的一举一动,都带着明显的心虚,就怕惹恼了儿子。小佟倒好像一点不在乎,一门心思地吃瓜子,瓜子壳啐得到处都是。说老实话,作为一名局外人,我当时真没看出这孩子有什么太大不高兴。

老佟很愿意说老婆的事,他似乎有着强烈的绿帽子情结,说着说着,有意无意就又聊到了她的如何不规矩。有些人就是喜欢跟人掏心窝，喜欢倾诉，老婆不守妇道显然严重伤害到了老佟的自尊。我曾见过他老婆几次，这女人岁数好像要比他大，长得很白净，很端正，也许因为老佟的过分渲染，看上去确实有几分风情。记得有一次在我们家，有个姓张的朋友准备装潢，夫妇两个先来了，然后联系老佟，打电话让他过来，不一会儿老佟夫妇过来了，双方当场砍价，谈合同细节，基本上把合作意向定了下来。

谈判过程中，老佟仍然强调自己的讲究和慢，我的朋友张先生虽然有心理准备，忍不住还是要据理力争，希望他能够快一些，便宜一些。尤其是张太太，女人嘛，谈起生意来，怎么可能不婆婆妈妈。说着说着，话便有些难听，差一点吵起来，老佟是个脑子不会拐弯的人，十分傲气地说：

"又要快又要便宜，你们去找别人好了。"

如果不是老佟老婆站出来打圆场，这场买卖基本上会谈崩。事实上，老佟风光了没有多少日子，就开始走下坡路，然而他仗着自己手艺好，始终改不了说话硬邦邦的毛病。老佟老婆连忙一个劲地说好话，像训斥小孩一样，连声呵斥老佟，把他赶到了我们家阳台上，然后继续跟我朋友谈判，一边说话，眼睛一边放电，硬是把一桩即将谈砸了的生意，又重新谈了下来。

我们当时并不知道老佟生意开始走下坡路，不断地有人通过我，找他为自己的新房装潢，我每一次见到老佟，都有一种越混越阔的感觉。老佟的家乡开始城市化，他们家的地只剩下很小一块，老房子也拆了，新分配两套房子，居住环境与城市人已没任何区别。稍稍有点想法的男人都到城市里去打工了，连老佟老婆也离开了老家，农民出身的老佟对土地没有任何感情，对自家老宅被拆是真心叫好。自从开始到南京搞装潢，他就打定主意，要坚定不移地成为这个城市中的一员，要在南京买一套属于自己的房子。

如果早一点买套房子，老佟的理想已经实现了，可是他没有这么做。都说勤劳才能致富，打拼才能改变命运，老佟咬咬牙卖掉了老家的一套房子，加上自己这些年挣的辛苦钱，跟人合开了一家装潢公司，又买了一辆不大不小的面包车，成为南京城里货真价实的一位小老板。出门签合同，他总是穿着那套并不太合身的西装，口气还是一如既往的巨大，信心爆棚，与主顾谈判的时候，动不动就会流露出一种很不屑的神情。

由于老佟是我介绍，朋友张的装潢只要遇到麻烦，张太太便打电话向我抱怨。这在以往很少会遇到，前前后后我介绍了十几家，老佟的装修质量一向过硬，通常情况下，大家都会报怨价格贵，抱怨他工期永远是拖沓，质量问题从来就不存在。张太太刚开始抱怨，我也没太往心上去，只是觉得她要求太高了，可能过于苛刻。渐渐地便越来越不客气，索性都撕破了脸皮，老佟不愿意往下做，张太太不肯付工钱，害得我这个中间人左右为难。双方都给我打电话，都让我主持公道，结果我只能赶到现场，为双方做调解。

现场有些惨不忍睹，公说公有理，婆说婆有理，他们一见面就吵，好半天都没有我插嘴的机会。终于可以说话了，他们也吵累了，都停下来，气鼓鼓地看着我，看我怎么表态。我首先批评老佟，很严肃地批评，他的装修质量确实存在许多漏洞，有太多瑕疵，明显的偷工减料，说白了一句话，根本不像他干的活。

"叶老师，你也是明白人，一等价钱一等货，"老佟不再理直气壮，红着脸为自己辩护，"他们只肯付这么多钱，我当然只能这么做了。"

后来我才知道，因为张太太一味砍价，老佟觉得赚不到什么钱，加上有些憋气，便将活儿转包给了两个刚进城的菜鸟，自己干脆不闻不问。他曾经想到过毁约，不做了，可是张太太有合同在手，工钱还没付完，坚决要求老佟做下去，不完成不付款。偏偏这位张太太对装潢一无所知，喜欢不断改变主意，尽说些外行话，负责装修的工人也不按规矩办，主人怎么说，他们怎么做，出了错便全部推在张太太身上，是她让他们这么做的。

4

这以后，再也没有为别人介绍过老佟。朋友张的装潢无疑是个教训，最后只能不了了之，双方都觉得自己亏大了，都埋怨我，一方没赚到工钱，还赔了些材料费，另一方在今后生活中，会不断遭遇质量不好引起的麻烦。很长一段时间，我与老佟没任何联系，只是与美术界的朋友聊天，偶尔还会再提到他。我们都很怀念当年，怀念那个喜欢把木工活做到极致的老佟。想当初，老佟对自己的手艺是何等自负。

有一家时尚刊物搞装潢设计评选，我的书房被评为一等奖。在开始讲究居住环境的时代，这个一等奖还真有些引人注目，准备装修新居的人纷纷来我家参观，带着设计师，带着工人，他们看了我的木工活，连连叹气纷纷摇头,说现在早就没人肯这么干活了,完全用实木,完全是旧式而又古典的木工手艺,居然还要用榫头来做连接。

老佟的公司很快办不下去,他只是个手艺人,纯粹靠技术吃饭,根本不是当老板的料。既不太会与客户谈判,又不善于管理手下,别人干的活他看不下去,便拿过来自己做,结果一定是他很生气,手下也很生气,因此他不仅当不好老板,连个工头也当不好。事实上,属于老佟的黄金时代十分短暂,装潢热持续升温,越来越多的人住进了新房,装潢公司越来越多,装修档次越来越高,越来越华而不实,像老佟这样技术好认真讲究的人,反倒越来越混不下去,越来越没有饭吃。

等我有机会再一次见到老佟,他已经不再做装潢,而是在一家画框店打工。天下居然会有这样的巧事,我去一家大市场配画框,随便找了一家店,现成尺寸都不合适,只好订制。老板娘跟我一味敷衍,我觉得面熟,却想不起来在哪见过。回家以后,突然接到老佟的电话,说叶老师你订制的那个画框不好,木料不对,式样也不对,我给你送几个样品看看怎么样。我觉得很奇怪,没想到他会来电话,不明白他怎么知道我要配画框。

当天晚上，老佟便带着几个画框过来了。几年不见，变化倒也不是很大，仍然穿着那身西装，唯一的变化是学会了抽烟，过去他是不抽烟的，因为是学木工出身，当年学手艺，老师傅定过规矩，火克木，火星会引燃木屑，绝对不允许徒弟学抽香烟。很快，疑问有了答案，原来他就在我今天去的那家画框店打工。

"你怎么会在那儿干活呢，"我有些想不明白，"不做装潢了？"

"不做装潢了。"

"为什么？"

"不为什么，就是觉得没意思。"

老佟嫌现在的木工活没任何技术含量，也就是拼拼木板，全都是复合板，全都是胶水粘，只要会钉钉子就行，只要舍得用胶水就行。手艺已经不再重要，已经没什么师傅和徒弟，只要培训几天，谁都能做谁都敢做，有的木工甚至连刨刀都使用不好就出来混了。老佟脾气不太好，动不动还会跟老板争论，现如今的老板根本不在乎你的活好不好，他们关心的是快不快，越快越好，越能糊弄人越好。像老佟这样讲究真材实料，太把自己干的活还当回事的人，注定要被时代淘汰。老板往往对老佟又喜欢又恨，喜欢是因为可以作为自己的招牌，恨是因为靠他来钱太慢。

老佟解释了在画框店不愿意见面的原因，他分明已经看见我了，正准备过来打招呼，忽然改变主意。为什么呢，因为他觉得自己混得太失败，加上上次朋友张的装潢没做好，很没面子，不太好意思见我。眼看着很多手艺远不如他的人，开装潢公司都发了大财，唯独他越混越潦倒，越混越不敢见人。公司没了，车没了，把老婆孩子接到南京来的梦想也破灭了。好在做的画框已经有些名气，老佟说只有懂行的才知道，小小的画框看上去简单，真正做好并不容易。

为了让人明白什么样的画框才好，才结实，老佟为我展示他带来的画框。他让我用力折叠，无论怎么用劲，画框都是纹丝不动。又让我欣赏木框的比例，欣赏木质的纹理，琢磨它们在光线下的细微变化。一个不大不小的画框，看似简单，用料和工艺却非常讲究，老佟笑我选择的画框太马虎，不符合身份：

"懂行的就会想，叶老师怎么能用这么俗气的画框呢？"

让他这么一提醒，我还真是不好意思。

老佟不怀好意地笑着："人家会说，大作家用的这个画框，就好像是塑料做的。"

5

接下来，很多朋友找老佟订制画框，就像当初装潢大热一样，我的熟人们再次有口皆碑，互相介绍，又促成了好多笔生意。大家住进了新房，都不想再折腾，远离了让人想到就心烦的装修，开始对居所挂点字画有兴趣。很长一段时间，也弄不明白老佟与老板娘之间，究竟什么关系。反正有那种关系几乎是肯定，关于这一点，他自己并不否认，有意无意还会卖弄几句。用老佟的话说，男人嘛，有一点点出格算什么，既敢做就敢当，这事有什么不好意思承认。我也终于明白，自己在画框店会觉得老板娘眼熟，因为过去见过面，其实她就是当初装潢时那家木材店的老板娘。

事实上，不仅我们弄不明白他与这位老板娘的关系，老佟本人也说不清楚。首先，老板娘是有男人的，她丈夫还在继续维持着原来的那家木材店，夫妻虽然分居，各自账户早已分开，各有各的花头，然而又互有来往，毕竟他们还有两个小孩。老佟在画框店的身份，介于合伙人和打工者之间。说是合伙人，老佟在画框店的重要性不容置疑，除了出色的手艺之外，想当初，是他说服老板娘购买了相当数量的巴西紫檀地板坯料，随着木材大幅度涨价，这些坯料赚了很多钱。巴西紫檀刚进入中国市场，价格非常便宜，也不过几年工夫，价格翻了好几倍。老佟自称在储备囤积这些原材料上，他也是投了钱的，而进一步将这些坯料加工成精美画框，显然可以获得比卖地板更高的利润。

说是打工者，老板娘从来也没有真正承认过他的合伙人地位，她根本不承认他投过什么钱。他们的账目从一开始就没有算清楚过，十个女人九个肯，就怕男人嘴不稳，老板娘很讨厌老佟不守信用，竟然会把他们那些见不得人的事都说出去。好事不出门，坏事传千里，结果她老公脸上终于挂不住，找了社会上的几个打手，将老佟一顿痛扁，老板娘闻讯后也没有任何同情，一句安慰的话都不肯给，只是恨恨地抱怨了老佟一句：

"活该，谁让你嘴贱，这他妈就是嘴贱的报应！"

老佟被打的故事，我是听一位画家朋友说的。这位画家姓韩，名秋，画中国水墨画，水平也就一般，但是突然间有了很好的行情，画卖得相当不错。他先是通过我，向老佟订购了一大批画框，又通过这笔生意，渐渐与他熟悉起来，两人的交往变得十分密切。老佟被打后很害怕，一度曾想离开南京，最后是韩秋帮他找人，找了社会上更厉害的另一帮打手，才将这麻烦事摆平。

这个韩秋的活动能量非常大，除了自己画画，还办了一个美术学校，教中学生写生。我曾有幸参加他主办的夏令营，与那些学画画的中学生一起，在长江中一个小岛上待了两天。晚上，孩子们举行篝火晚会，我与韩秋趁着月色沿大堤散步聊天，话题不知不觉便落到了老佟身上。说起老佟，韩秋显然知道得更多，他告诉我，老佟其实很得意与老板娘的关系，觉得能把老板娘睡了，自己差不多也就相当于是老板了。老板娘虽然姿色平常了一些，老了一些，脾气坏了一些，对老佟却还是真心真意，平心而论，她对他，要比他对她更实在。男欢女爱的最高境界，有时候就是互相喜欢，无所谓谁吃亏占便宜。老佟喜欢卖弄，说拥有两个女人的最大快乐，是你可以与这个女人睡觉，想到那个女人的种种好处，和那个女人睡觉，又会想到这个女人的种种好处。

事实上，我和韩秋在月光下聊天时，老佟与老板娘的爱情故事已经结束了。我们并不知道他此时又离开了画框店，重新回到装潢队伍，再次回到了比起点更低的位置上，沦为一家知名品牌装潢公司中一名最普通的木工。结局早就注定好了，只是在那个看起来很美好的夜晚，我和韩秋还一点都不知情。月色怡人江风习习，不远处，孩子们围着篝火欢声笑语，聊到最后，我想到老佟当年带着儿子去做DNA，也就把这事说了出来，韩秋听了大吃一惊，不相信竟然还会有这种事。

再接下来，又是很长时间没任何消息，老佟仿佛在茫茫人海中蒸发了。直到不久前，才突然给我打电话，说要见个面，有很紧急的事想商量。口气中流露出了某种强烈的不安，问他究竟出了什么事，说是在老家的儿子闯了点祸，放火将村长家的麦子给烧了。很快，打完电话不久，他已到我家楼下，按响了楼道的电铃，汗流浃背地进入我家客厅。穿着夏装的老佟看上去苍老了不少，这很出乎我的意料，十多年前，我们初次见面，他也就三十岁出头，那时候，只是显得少年老成，说话慢条斯理，多多少少还有些傲慢。这次见面已完全不一样，要说过去也见过他不得志，见过他垂头丧气，可是绝不像现在这样狼狈。他的脸上是掩饰不住的沮丧，有一些惊恐，多日不剃的胡须都已经开始泛白了。

一时间，我担心会开口借钱，这样的事过去发生过，他曾向我太太借过四千块钱。我们还为此有过讨论，担心老佟很可能会就此不还，万一不还又能怎么办呢。老佟来无影去无踪，真要是不准备还钱，拿他一点也没办法。好在这次并没有打算借钱，老佟一开口，先把自己的路给堵死了，说上次跟你叶老师借钱，拖了很长时间才还,现在真的也不好意思再开口。他只是想要几本签过名的书,说钱的事好办,可以向别人去通融,这书上的作者签名,其他人代替不了。

"我就是想讨几本书,叶老师你不知道,不知道你面子有多大。"

我不太明白他的意思,老佟解释说,他儿子因为纵火被关在老家的派出所,派出所的一位丁所长喜欢文学,特别喜欢我的小说。老佟跟这位丁所长有点熟悉,跟他说起过我,说曾为我的新房装潢,书房设计还得过奖,说他与我关系相当不错。丁所长不相信,说你要认识那位叶作家,就帮我讨两本书。老佟说他当时一口答应,根本没把这事放心上,没想到现在儿子真的落在人家手上了。

我在书的扉页恭恭敬敬地签上丁所长的大名,老佟擦着脸上的汗,一边看我写,一边夸我的字写得好,说叶老师竟然还要请人家"指正",真是太客气了,然后为了表示货真价实,他又让我摆出写字的姿势,用手机拍照片,一连拍了好几张:

"按说应该去买几本书,可我都不知道你叶老师最近写过些什么,我们这样靠手艺吃饭的人,哪有时间看书呢,这个真不好意思。想当初学手艺,还看看小说,也看过不少小说，现在呢，唉，不说了。"

6

老佟说起儿子，我很自然地会想到他当年带儿子去做 DNA 的情景，同时又想到自己曾跟韩秋在背后议论过，心里略略有些不安。在人背后嚼舌头总是不太妥当，这可不像正人君子应该做的事，太没文化了，也许韩秋嘴快，已经把这事传播了出去。

老佟说他去见派出所的丁所长，不仅要带上我的书，还顺便跟韩秋要了一幅画，还有一张与省电视台著名主持人张某的合影。当年老佟给张某装潢，张还没有火，近来因为做了一档收视率极高的综艺节目，名气突然暴涨。老佟也吃不准他带的这几样东西，最后是不是管用。反正还得花钱，有了钱就好办，有了钱都好办。至于儿子小佟为什么要放火烧村长家的麦子，按照老佟的说法很简单，这孩子恨那个与自己母亲有一腿的家伙，因为恨，脑袋瓜一发热，便胆大妄为地做了傻事。老佟不太愿意提起自己老婆，每当不得不提起她的时候，总是用"我儿子他妈"来代替。他说是在农村老家，再也没有什么比女人偷人更丢脸，你想我儿子怎么能不生气，我儿子他妈真让我们丢尽了脸。

那天晚上，我向太太复述白天听到的故事。老佟的儿子转眼快二十岁，这孩子极有心计，据说一直处心积虑，想勾引村长的女儿，当然是带有点报复性。现如今，夏天里收割麦子，全都使用收割机，大家的麦子收得差不多了，只剩下村长和几户人家还没完工。老佟儿子与村长家千金在黄灿灿的麦地里约会，两人说着说着，为是她爹勾引他娘，还是他娘勾引她爹争吵起来，越吵越激烈，气急败坏的老佟儿子掏出打火机，威胁说要将她家的麦子烧了，结果真的将村长家的麦子点着了。火势立刻蔓延，一烧就是一大片，一烧就是几十里地。

近年来农民偷偷焚烧麦秸，已成为很严重的环保问题，各级政府为此都下过死命令，坚决不允许，违者不但罚款，而且还要行政拘留，还要撤村干部的职务。不过这种听上去很吓人的纵火，罪责既可以很大，也可以缩小。事实上，老佟儿子的所作所为，让大家感到高兴，他是做了一件所有人内心想做又不敢做的事，没什么可以比放一把火更痛快。甚至连村长也暗自得意，因为他家的麦子都被烧了，这足以证明他的无辜，很显然，他是个不折不扣的受害者，乡政府不能为此再撤他的职，这个账算不到他头上。时过境迁，时代风气完全改变了，今天有的农民不仅对土地没有感情，对即将收割的庄稼也毫不在乎。荒芜与丰收都差不多，种庄稼成了赔本的买卖，耕地施肥除草收割都得砸银子，谁还会真在乎自家地里那点麦子呢。

据说老佟很快就把这事摆平了，他回去没多久，再一次返回南京，继续消失在这个乱糟糟的城市里。这一次，他把老婆带出来了。没人会过分追究烧麦秸的事，反正烧也烧了，该罚款罚款，钱到账放人。他直接去了派出所，带着我送的书，带着韩秋送的画，带着他与著名主持人张某的合影，甚至还带着十多年前在医院做的那张 DNA 鉴定。

不过从韩秋那里，我后来又听到了另一种说法，这说法接近荒唐，更像是小说，所谓老佟儿子放火烧麦子这事，有点子虚乌有，并不完全是真相。事实上，究竟是谁放了这把火，有好几个版本。当地很多人都愿意相信，真正的放火者不是别人，而是老佟，至于理由和动机，当然谁都知道。

二〇一二年八月三十日　河西

魅影的黄昏

1

过去几年，写的几部小说都与六七十年代有点关系。出于这个缘故，一所大学邀请我去做讲座。很害怕演讲，又势在必行，不太好推托。这所大学的党委书记是我当年同窗，那时候的关系很不错。苟富贵无相忘，毕业后多年不联系，电话里一听到那熟悉的声音，知道这事推托不了。

来接我的轿车一看就非常昂贵，非常高端大气上档次，也不懂什么牌子，上车，开出去一段时间，负责接待的办公室主任老张告诉我这车叫什么，大约值多少钱。听了目瞪口呆，我说你们书记平时就坐这车。老张笑着说书记也不敢坐，说这车已严重超标了，只能用来接待尊贵的客人。当时心里咯噔一下，很显然，我算不上尊贵客人，混阔的老同学居然用这车来接我，真是给足面子。

然后,听见老张跟司机王说话,用的是当地方言。或许上车太匆忙,前面的这位王姓司机始终只是个背影。记得上车时,还跟他招呼过一声,可是他连头也没回,我刚坐稳,车子就开出去了。好在通过后望镜,还能看见司机王的半张脸。当然,这也是车子开出去很久才意识到。这位司机王不太喜欢说话,问大约多久才能到目的地,好像也不太愿意回答,嘀咕了一句,我没听清楚。结果还是坐他旁边的老张代为回答,说路上起码要花费三个多小时。

进入高铁时代,三个多小时路程很遥远,从南京去北京,只需这么多时间。老张说作家们喜欢熬夜,今天看来是要辛苦你了。他是个热情的中年人,服务周到,不时地回过头来关照一句,说可以先睡一会儿,坐这车里很舒服,车位非常宽敞,一路又都是高速,对了,你按一下那个按钮,就那个,椅子可以调整的。

我并不想睡觉,只是感觉很好奇,很愿意试试那个电动按钮。结果就是不断地调整座位,向前向后,角度有各种变化,可以这样可以那样。一时间,我成了大观园里的刘姥姥,成了不折不扣的顽童,坐在后面忙个不歇。突然,从前方后视镜里,发现司机王一边开车,一边透过那镜子,正在偷偷地审视我。

我突然意识到这个人很眼熟,却想不起来在哪儿见过他。

2

接下来一段时间,一直琢磨自己在哪儿见过这位司机王。从未到过要去的城市,如果真见过面,一定是别的什么地方。也许对方也是这么想的,总觉得后望镜里的那个神情有些异样,尽管是半张脸,我却能很清晰地感觉到一种傲慢。为什么会是这样的表情呢,很显然,他早认出我了,他知道我是谁。

一时间,我变得非常困惑。车在高速公路上奔驰,开得非常快,导航仪不断提醒,说我们的车已超速。老张不止一次地回过头来安慰,说司机王很有经验,技术绝对好,知道怎么避开测速的监控探头,说高档车好就好在快慢自如,好车就是好车,你坐在车上,甚至都不太会感觉到这种速度变化。

一路上,老张都在夸车怎么好,夸司机王车技如何牛。司机王始终一声不吭,给人的印象就是,他根本看不上身边的这位办公室主任。老张穿了一件夹克，看上去也像是一个名牌，与身着休闲西装的司机王相比，显然非常土鳖。仅仅看衣着，看举止，这两个人互相换一下身份更合适，我想不明白为什么身为办公室主任的老张，要不停地讨好驾驶员，为什么，难道这位司机王有特殊的背景。

大约一个小时以后，我睡着了。在梦中，终于想起这位司机王是谁，他就是我们读中学时的工宣队祁师傅。虽然换了一件西装，虽然隔了几十年的岁月，我还是一眼就准确无误地认出了他。果然，司机王转过脸来，现在，能看到的再也不是半张脸，而是一个完整的正面形象。他的脸部表情还是那样傲慢，带着某种不屑，根本不把我放在眼里。

我很吃惊，问你是不是祁师傅。

他脸上毫无表情，冷冷地说，我现在是为你开车的司机王。

我笑了，恍然大悟，说难怪会觉得这么面熟，难怪。好的车子的确不一样，那个司机王，不，应该说是祁师傅，听我这么一说，意识到我已经认出他了，干脆将座椅转了过来，跟我面对面。汽车还在高速公路上飞奔，车窗外的车流被我们不断超越过去，我们的车子开得极快，路边一棵棵高耸的白杨树，仿佛熊熊燃烧的火苗，不，应该说是一把把绿色火炬。这是一个不可思议的奇异场景，就跟做梦一样，真跟做梦一样。这么行驶无疑有危险，让人有些害怕，但是人家既然敢这么做，能这么干，就一定是可以的。什么叫好车，什么叫最好的豪车，什么叫无人驾驶。没听说拿着高薪的飞行员在天空上开飞机，把电脑设定好就一切都OK了。你根本用不着担这个心，我要是小心翼翼地提心吊胆，在这时候说些露怯的外行话，反而会让人笑话。

不过还是很吃惊很害怕，不吃惊不害怕是不可能的。毕竟几十年过去了，一眨眼四十年，不可能说穿越就穿越。眼前这个人，从祁师傅到司机王，除了换身西装，居然一点没变化。不应该，太不应该了。记得那还是林副主席从天上掉下来不久，祁师傅来给我们这帮初二的中学生上哲学课，反反复复地说哲学的道理其实很简单，太简单了，怎么简单呢，就是在同样的温度条件下，石头不能变成小鸡，只有鸡蛋才可以变成小鸡。

司机王问我，那时候你多大？

我想了想说，十三四岁。

司机王又问，到底十三还是十四？

我认真地想了想，在心里反复计算，说十三多一点,十四还不到。

然后就无话可说了。

过了一会儿,我问司机王,那时候你多大呢?

司机王笑而不语,不说话。

我说那时候你好像也只有三十多岁。

司机王依然笑而不语,还是不说话。

我解释说很可能是小孩子的眼光吧,我们那时候都觉得你也许已经过四十了,反正是和现在差不多,反正就是现在这个模样。你怎么可能这么多年没有变化呢,这真是个奇迹。司机王依然笑而不语,仿佛隐藏着一个不能说的秘密,后来,我似乎听见他嘀咕了这么一句,说有些个事呀,就是神秘兮兮,就是奇迹,真要说清楚了,真要弄明白了,就没什么意思。可是我还是按捺不住好奇心,还是想弄清楚弄明白,说祁师傅现在究竟多大呢,你多少岁了。

3

祁师傅给我们上哲学课,是一九七一年的秋天,说老实话,直至今日,我都弄不明白什么叫哲学。那时候好像还叫政治课,政治课上要讲哲学。为什么是工宣队给我们上课,也记不清楚了,反正这门课先是一位年轻的女老师,后来就变成了这位祁师傅。

所谓哲学,讲解毛主席他老人家的《矛盾论》和《实践论》。说普遍性和特殊性,什么叫普遍性呢,举一大堆例子,什么叫特殊性呢,再举一大堆例子。记得祁师傅在课堂上说,石头扔河里就沉了,木头却始终会漂在水面上,这个就是物质的特殊性和普遍性。当时也流行课堂上讨论,我说木头不一定都漂浮在水面上,我们家有块木头就是沉的。祁师傅便说那个不是木头,那肯定是石头。

再一次上哲学课,我将父亲写字桌的红木镇纸带到课堂上,当场做实验,有同学去拎了一桶自来水过来,实验证明红木是沉在水底下。然后祁师傅的脸色就很不好看,不记得他说了什么,只记得有些生气。除此之外,还能记得的,大家在背后都叫他"小鸡"。这是只有男生才能分享的秘密,那年头男女生不说话,没人把谜底透露给她们。祁师傅喜欢在课堂上反复念叨,在一定的温度条件下,石头不能变成小鸡,鸡蛋才能变成小鸡。只要他一提到"小鸡",我们立刻哄堂大笑。女生也跟着莫名其妙地乱笑,她们当然不清楚我们在笑什么。

其实我从没见过祁师傅的"小鸡",有同学看见了。过去的男厕所蹲坑都是面对面,大家一起办事,看到对方的玩意儿也不稀罕。传说中的祁师傅不仅东西小,关键是包皮很长,像没发育的小男孩一样。工宣队在学校时间并不长,真正上课的好像只有祁师傅一个人,其他的人无非管管后勤,管管思想,管管学生打架。

时间太长久了,很多事记不太清楚。后来才弄明白,给我们上哲学课的女老师生活作风犯了错误,和一位姓王的工宣队师傅发生了不正当的男女关系。王师傅人很丑,个子不高,未婚,非常壮实。女老师年轻漂亮,已结过婚了,据说是家庭成分不太好。学校里召开批判大会,不点名地批判了女老师,工宣队队长十分心痛,恨铁不成钢,意味深长地说:

"知识分子成堆的地方,就是个大染缸,就是一个容易出蛆虫的贼窝,就是一个臭气熏天的猪圈,如果我们无产阶级不提高警惕,很可能红的进来,黑的出去,难道事实不已经证明就是这样了吗?"

4

演讲在下午两点钟正式开始，或许路上已睡了一觉，我的状态远比预想得好。话题是"跟大学生们谈谈六七十年代"，我信口开河，想到哪说哪，想到什么说什么。一个接着一个讲六七十年代中的小故事。那个年代有太多的故事，故事最能吸引听众，这是一位擅于演讲的作家朋友的忠告，一次成功演讲的秘诀，就看你事先准备了多少个有趣的小故事。

作为一名亲历者，作为一名六七十年代的小学生和中学生，有太多好玩的故事可以说。我说到了当年的工宣队、军宣队，说到了学农、学工、学军，说到了这样那样的批判大会。效果似乎还不错，同学们不时地报以笑声，一些故事都是真实的，虽然真实，又都接近于荒诞，因为荒诞，今天听起来太可笑。譬如大家都习惯说我们是喝狼奶长大的，那时的年轻人根本不读书，流行读书无用，然而我个人的实际经历，做学生时写作文，最多的却是批判读书无用。完全是一种鹦鹉学舌似的批判，那种作文的风格就是，四海翻腾云水怒，五洲震荡风雷激，先假想有人别有用心，为了亡党亡国，在大力宣扬"读书无用"，然后再以一种革命小将的语调予以痛斥。我告诉在场的大学生，自己当年曾经写过几篇很不错的作文，后来想当作家，有一段时间小说总是写不好，老想到要有深度，要批判什么，很可能与少年时代那种自以为是的不正文风有关。批判文章最大的不通就在于，总觉得自己是对的，总认为别人是错的，好像真理永远都牢牢掌握在你手上。

我告诉年轻的大学生，我们这一代人很不幸地遭遇了"文革"，但是这并不意味着那个年代大家都不读书。就我个人来说，读的文学作品一点也不比今天的孩子少，为什么呢，因为你处在一个无聊的时代，那年头，除了偷偷地看书，还真没什么别的有趣事情可做。无聊才读书，读书是无聊时的最好伴侣，当时我们读世界名著，很有些像革命党人从事地下活动，越是不让读，越是要读。星星之火可以燎原，一本好书就跟火种一样，可以将许多人的心头点亮。

5

演讲结束，同学们拥上台来让我签名。转眼之间，伸过来很多小本子，让人有点忙不过来。各式各样的大小笔记本，各式各样的花哨签字笔，还有教科书，还有考试大纲，甚至一些小纸片。有学生向我抱怨，说当地书店根本找不到我的小说，结果他们只好在网上浏览。我注意到很多都是读工科的同学，譬如学习通信工程，譬如桥梁专业，他们能够跑来听演讲，已经很给我面子。

老张将我送到学校的贵宾接待室，校长和党委书记宋涛已在那等候。显然大家都知道我和宋涛是大学同学，我们热烈握手的时候，老张在旁边一个劲地念叨，说今天的演讲非常成功，对同学们的帮助很大，很有启发很有必要。这些话是说给书记听的，宋涛也知道老张在趁机讨好自己，根本不愿意接他的茬。我们抓紧时间念旧，说过去读书时的事，用互相揭短来表示亲热，大学毕业三十多年，我和宋涛居然是第一次见面。

当年的宋涛也就是个来自乡村的普通大学生，在班上并不突出，各方面都很一般，经过三十年的历练，现如今的他一看就是个强势书记。相比之下，身为第二把手的大学校长显得很拘谨，完全被他的气场给压住了，从头到尾没说过几句话。接下来天南海北地聊天，各自难免说些套话敷衍，宋涛开始为我介绍大学状况，说这个学校的发展变化。说了一会儿话，到吃晚饭时间，于是驱车赴宴。在路上，宋涛告诉我今晚将会有位神秘人物要出现,说这人是我的粉丝,姓李,读过我的不少作品,不久前,刚从一个很重要的岗位上退下来,目前是当地的政协副主席。

到吃饭地点,政协的李副主席也正好到达,红光满面地从接我来这个城市的那辆豪车中走出来,在宋涛的介绍下,跟我亲切握手。是一家非常热闹的馆子,人很多,门口的迎宾小姐花枝招展。我们一起步入包厢,老张已在恭候,最后坐下来一起吃饭的人有五位,我、宋涛、政协李副主席、老张和司机王。我想不明白为什么司机王会在场,同样是驾驶员,为什么开车送我和宋涛过来的那小伙子不一起吃饭呢。

或许是司机王坐在对面的缘故,我开始觉得这顿晚饭有些怪异。当然,司机王不可能是当年的工宣队祁师傅,可是我只要看见他,只要我们面对面,只要他的表情浮现在我面前,只要不把这最后的一层窗户纸捅破,就难免不产生他们是同一个人的错觉。不只是外形和神态相像,关键还会有一种心灵上的交流,我们好像都知道对方在想什么。这显然是一个无法在别人面前说破的秘密,说不明道不白,好像只有我才知道他的特殊身份,好像只有我才知道他是从"文化大革命"那个特殊年代穿越过来。

这顿饭吃得心不在焉,一时间真假莫辨,有些时空错乱。人生最大的困惑就是,时间突然不再是时间,空间也不再是空间。我不断地在走神,同时,注意到司机王的脸上,常常会露出一些很难察觉的不屑,不只是针对喜欢迎风拍马的办公室主任老张,对宋涛,对政协李副主席,都是一样,都有一点敌意。席间似乎听见有人说起司机王的来历,好像是这位李副主席的一个亲戚,而李去政协前,曾经身居组织部长纪委书记一类的要职。

开了一瓶茅台,我不喝酒,司机王因为工作关系也不能喝,宋涛觉得为难,一瓶嫌少,两瓶又多了。老张立刻表态,今天还有事,他只能喝一小盅意思一下,剩下的酒,宋书记和李主席两个人正好均分。宋涛觉得这样可以,忍不住还是要埋怨,说老同学三十年后才见一次面,连酒都不能喝,太扫兴了。李副主席也说,李白斗酒诗百篇,你一个作家不喝酒,怎么能写东西呢。

酒逢知己千杯少,我不能喝酒,陪着说了许多话,听了很多话。话题五花八门,官场秘闻社会风气,经济形势国际危机,电视上最受欢迎的娱乐节目,什么都说到了,渐渐聊到了今天的演讲内容,李副主席对谈论"文化大革命"很有兴趣,连声说现在年轻人对过去实在不了解,非常有必要跟他们说说"文化大革命"。他比我年长三岁,比宋涛长六岁,当过知青,一说起"文化大革命",好像比我们更有发言权。

晚宴结束,时间已经不早,李副主席意犹未尽,提议去唱卡拉OK,要不去洗脚城泡泡脚。宋涛看出我没兴趣,说今天算了,大作家辛苦了一天,还是让他早点休息为好。李副主席便调侃宋涛,说你这个党委书记的胆子也太小了,是不是害怕在那种地方,会遇到女学生。宋涛听了连连摇头,说好吧,就算像你说的那样,我是有些害怕,是胆子小,不敢去。不瞒你们说,这年头风气太坏,什么稀奇古怪的事都可能发生,要是遇上了女学生,还真有些麻烦,你说是处理她们好呢,还是不处理好。

餐馆门前大家就此别过,宋涛明天还要出差去外地,李副主席忽然接到一个电话,邀请他去一个什么地方,表情立刻有些神秘。老张和司机王送我去住处,一路上,老张操着夹生的普通话跟我敷衍,说领导们都太忙,说这座新型的海滨城市发展很快。告诉我宋书记住在哪里,李主席住在哪里,现在的房价已经涨到多少。很显然,宋涛和李副主席都属于这个城市中的成功人士,都住在海边别墅区。隐隐约约地我也听见老张对司机王抱怨,他说的是方言,只知道是在抱怨,说的是什么,也不太懂。

车窗外欣欣向荣,灯红酒绿,我随口问了一句,这座看上去很繁华的城市应该是很富裕吧,是不是都很有钱。老张迟疑了一会儿,笑着说这怎么可能呢,也就是看上去好看,老百姓哪来的钱。

自始至终,司机王都没说过一句话。

6

自始至终,都没有与司机王单独在一起的时候;自始至终,司机王都是个不大不小的谜。

真要有机会,真要是单独相对,很可能会把话挑明,会直截了当地问司机王与我认识的那位祁师傅有什么关系。他们不应该是同一个人,他们又太像同一个人。世上会有许多稀奇古怪,我知道有些话说出来很冒昧,可是搁在肚子里,也一样难受。事实上,因为司机王的存在,所有的真实都变得不真实。

住的是居高临下的海景房,面对一望无际的大海,没有月亮,天很黑。近处楼群霓虹灯闪烁,远处大海变得更加神秘。进客房不久,脱了衣服准备洗澡,电话铃响起来，一个男人压低声音问着，要不要找个漂亮小姐按摩一下。一时间还真没反应过来，出门在外住酒店，遇上这样的陌生女子问候并不奇怪，一个男人冒冒失失打电话过来，多少有些滑稽。我几乎立刻联想到了司机王，想到会不会是他打进来的。这个不是没可能，这个完全有可能，我便问你到底是谁，你是谁。我甚至想问你是不是当年的那个工宣队祁师傅，想问你跟祁师傅到底是怎么回事。如果我们能继续聊下去，很可能会这么问。对方怔了一怔，说需要不需要，不需要就算了。过了一会儿，见我不吭声，他主动把电话挂了。

睡觉前看了一会儿电视，没什么可看节目，也没什么情绪。断断续续总会想到那个司机王，总觉得今天的这事神神鬼鬼，不合情理。写小说的人就是喜欢胡思乱想，我开始担心自己会睡不好，接连吃了两粒安眠药。这药好像根本不起作用，我的脑子里迷迷糊糊，反反复复地还在想司机王，想祁师傅。后来意识到自己快要睡着，快睡着了，觉得自己一睡着就会做梦，就会梦到工宣队祁师傅。

什么梦也没有，一觉醒来，天大亮，看看手表，已八点多钟。手机响了，老张打进来的，问是不是吃过早饭了。昨天说好，今天早饭后，他陪我驱车看看市容，然后返程。我赶紧起来盥洗，整理行李，匆匆下楼去餐厅。老张领着一位驾驶员已等候在那儿，因为是自助，大家也不多说什么，各取所需吃早餐，退房，将行李搁车上。

感到意外的是换了一辆车，一辆普通的别克商务，司机也换了，没好意思问为什么。老张陪着我在城里绕了一圈，都是些新建筑新大楼，实在没什么好看。最后去王琛纪念馆，说是当地历史上最有名气的文化人，李副主席昨天特别叮嘱，无论如何都应该去看看，并希望如果有可能，最好写一写这个人。王琛是清朝中叶都察院的一位官员，我从来没听说过他，看介绍，才明白是一位古代的反腐倡廉典型。坦白说，也没什么好看，原有的老宅早没了，建筑都是新的，所谓文物不是仿制品，就是复印件。据说《清史稿》中可以找到这个王琛，《清史稿》五百三十卷，列传三百一十六卷，如此浩瀚的书上找到一个名字，又有什么稀罕。

临别时老张跟我解释，有事不能亲自送了，他说反正这车和驾驶员都熟悉，你们怎么来怎么回去。分别很匆忙，也没来得及琢磨老张的话，只是觉得不对劲，车换了，司机也换了，怎么能说来回都一样。当然我并不计较什么车，什么车不都是坐吗，这别克商务挺宽敞，很好，我只是对换车换司机感到意外。车子开出去不久，上了高速，我把自己的想法说了出来，我说这车挺好，跟来时相比，也没觉得有什么太大区别。司机从后望镜里看了我一眼，很惊奇地说你昨天坐的就是这车呀。我不相信，这怎么可能，怎么可能。司机说昨天车太脏，我跟主任说把车洗一洗，张主任说没关系，跑长途，再干净也没用。

我不相信他的解释，反问了一句：

"昨天怎么会是这车呢？"

司机非常认真地说："昨天开的就是这车，我开着这车去接你的。"

我更糊涂了，不相信昨天来接我的就是他。司机笑得很灿烂，说看来你还真是多忘事，当然是我，不是我还能是谁。一时间完全糊涂了，差一点要跟老张打电话证实一下，然而不相信也得相信，在司机如此肯定的答复下，再打电话便多余了。答案很明显，不容置疑，不是今天错了，就是昨天有问题。肯定会有一个是真相，我觉得迷惘，陷入到了一种标准的写作状态中，所面临的一切，突然都成了小说的一部分。虚构和现实的界限，正在变得模糊不清。

忍不住还要问司机贵姓，回答姓王。忍不住又问你多大了，司机一边笑，一边说他生于一九七六年。显然已不是第一次回答，他一定会觉得这提问很滑稽。看着他吃惊的神情，看着那似乎熟悉的笑容，我隐约地想起什么，开始觉得有些不好意思。

二〇一四年七月十一日　河西

失踪的女大学生

1

一九一二年春天,辛亥革命第二年,一切气象都是新的。皇帝没了,大清完了,很重要一页就翻过去。时代进入民国,那年头结婚早,一个个还毛孩子,都把男婚女嫁的大事匆匆办了。有一天,几个熟悉的中学同学在一场婚礼上不期而遇,姓王的学生娶媳妇,场面隆重热闹。不能空着手去,贺礼可以轻,情义必须重。都说秀才人情纸一张,顾同学用古人句子撰联,由姓叶的同学用篆字书写。叶同学填了一首词《贺新郎》,姓顾的同学楷书题写。经过装裱,两幅立轴挂新房里十分醒目,闹洞房的人看见,都说字写得好,意思也好。

有位参加婚礼的老太太喜欢这两幅字,便说我有个侄女儿,中学刚毕业,正在北京念女子师范,两个小伙子是什么人、有没有婚配。回答是顾同学结婚了,姓叶的这位还单着。结果姓王姓顾两同学自告奋勇，很热心地充当媒人，双方家长同意拍板，一桩婚事立刻订了下来。有一点点新意，本质上还属于旧式，完全是包办婚姻，叶同学和女子师范的女大学生也没见过面，交换了照片，交换了庚帖，双方大人说这事可以，就可以了，都是听话的好孩子。

接下来两年时间，叶同学在小学当老师，女子师范那位在遥远的北京上大学。也不联系，你不好意思写信，我也不好意思写信。都陌生人，说什么呢，没话可说。不过心里都还愿意，为什么愿意也说不清楚。反正订婚了，虽然是别人玩的儿戏，毕竟不是儿戏，订了就订了，父母之命媒妁之言，基本上天经地义。时代虽然新，骨子里传统依然还旧，并没觉得有什么需要反抗。

四年以后，两个年轻人结婚，直到进洞房，才第一次见面。长舒了一口气，想想这事挺冒险，都是有文化的新人，都接受过新式教育，都知道这种拉郎配的婚姻会很不靠谱。嫁鸡随鸡嫁狗随狗，跟摸彩一样，遇到合适的，命好运气好，遇到不合适的，吃不了兜着走。反对封建包办婚姻，当时已是很响亮的一句口号，这两位年轻人的婚姻观很落伍。

那位叶同学就是我祖父，女子师范的大学生是我祖母。祖父一辈子提倡新文化,标准的五四青年。祖母也应该算标准的新女性,而且还属于前辈,她读过的那所学校,又名京师女子师范学堂,当年可是女子读书学习的最高学府,十年后出过两个有名的学妹,一位是刘和珍女士,一位是许广平女士。关于前一位,鲁迅先生写过一篇著名文章《纪念刘和珍君》,还有一位是刘的同学,成为鲁迅的红颜知己,不仅同居,还生了一个儿子。

2

我姑姑是金陵女子大学毕业生,想当年,国民政府定都南京,这所学校也曾名噪一时。不过没在南京上过一天课,抗战期间,学校搬到了四川成都的华西坝。和国立北京女子师范不一样,金陵女大是教会大学,外语水平很高,姑姑读中文系,后来的工作却一直和英语有关,中央国际广播电台的工作人员,专门负责与外国听众通信。电视还不普及的年代,广播电台影响力巨大,姑姑平时和外国听众聊什么,我不明白,只知道她喜欢集邮,有很多外国邮票,外国人常给她写信。好像还是集邮协会会员，我父亲也集过邮票，一想到姑姑就垂头丧气，说我不能跟她比，没有她那个好条件。

姑姑是三个孩子中唯一的大学生，她的哥哥和弟弟都没上大学。这个家注定女的学位要高，祖母大学生，姑姑大学生，伯父和父亲常在我面前流露一种观点，上不上大学不重要。穷养儿富养女，从来富贵多淑女，自古纨绔少伟男。"文革"结束高考恢复，我考上了南京大学，接到入学通知，父亲根本不当回事。祖父开导我，说我们老开明书店的人，看不上大学生。他的意思是说，人呢，还得看有没有真本事，上个大学没什么了不起，千万别骄傲，我一直觉得他们是吃不着葡萄的心态。

祖母在我出生前一年过世，祖父当时才六十二岁，此后三十多年，他孑然一身，没有再娶。感情太好也罢，传统老派也罢，反正大家都觉得十分自然，没人会想到他再找个老伴，这事绝对不可能。祖母的两张照片一直挂在祖父卧房，一张年轻时女学生模样，一张是晚年。一九七四年秋天，我高中毕业，无事可做，到北京陪祖父，在祖母照片下搭了一张小床。差不多有一年时间，除了陪祖父聊天，听老人家说过去掌故，跑腿去邮局，去商场购物，没别的事可做。

非常无聊的一段时光,那时候,姑姑也五十多岁。住在城市西边,路途有些遥远,每个星期天都赶过来看望祖父。在我眼里,她完全是个小老太太,可是性格开朗,心态始终像个女大学生。姑父还关在牛棚,唯一的表姐分配在外地,自家房子让别人占了一半。好像也没听到姑姑有什么抱怨,仍然是喜欢养花,有一天突然打电话过来,让我陪她去远郊的黄土岗买几盆花。

黄土岗很远很远,具体位置也不太清楚,反正是远,来回超过一百里路。这地方据说早在大清时就养植花卉,不仅养花,还生产和加工掺了茉莉花的鼻烟。说好一边问路,一边去,真找不到就打道回府。很多困难没想过,爆胎了怎么办,体力透支了怎么办。起早带晚,最后找着地方,买了几盆花,凯旋而归。"凯旋而归"四个字会让喜欢咬文嚼字的人生气,这是病句,凯旋后面再跟上"归"字,屋下造屋床上施床,显然有些多余,不过用来形容当时的心情非常适合。问题不在于跑了多少路买了几盆花,关键是那样的岁月,"文革"大背景下,姑姑一个孤立无援的小老太太,几年前还做过癌症手术,仍然能有这份淡定和闲情。祖父大为欣赏,连声说应该好好地写首诗称赞,临了诗有没有写也不知道。他经常说要写诗,有时候真写,有时候也就说说而已。

姑姑在抗战时念大学，那年头女大学生心目中偶像，是宋美龄那样的女性。要像千金小姐，说一口地道英语，漂亮优雅，嫁十分优秀有出息的老公。年龄不是问题，嫁飞虎队队长陈纳德的陈香梅，相差三十二岁。嫁后来的国家主席刘少奇的王光美，相差二十三岁。比较起来，还是蒋委员长与宋美龄年龄差距小，只有十岁。

始终没弄明白姑父的年龄，只知道相差有点大，只知道是个难以亲近的老革命，一个很古板的老头。我们做小辈的经常背后议论，想弄清楚这对夫妇相互如何称呼。甚至我表姐和姐夫也有点疑惑，好像他们就没什么固定昵称，也许年龄差距，姑姑在姑父面前总有些孩子气，总是在撒娇，总是很宠爱的样子。她招呼姑父用得最多，也是最亲切的，往往是一个意味深长的字，可以有各种语调：

"喂！"

3

祖母死于肠癌，活了六十多岁。姑姑也得过癌症，活了九十多岁。表姐四十五岁时因为癌症过世,这是姑姑极为伤心的一件事,就这么个女儿,一直当作心肝宝贝,没想到年纪轻轻就走了。祖母的照片镶在镜框里,静静地挂在墙上,陪伴祖父三十多年。表姐的照片也镶在镜框里,搁在枕边的床头柜上,陪伴姑姑二十多年。说起来都是让人感伤的事,不只感伤,而且心痛。

表姐念的是哈军工,学电子工程,听上去很尖端。"文革"前的这所大学,又叫"中国人民解放军军事工程学院",名声响亮,高干子弟成堆。姐夫是表姐的同班同学,他曾跟我们吹牛,说在中南海住过,又特别强调自己和表姐不一样,表姐学习成绩好,能够进入哈军工,不是凭家庭出身,完全因为成绩突出。可惜成绩再好也没用,事实上,表姐对电子工程一点兴趣都没有,作为"文革"前最后一批大学生,大学几年除了搞运动,没学到什么东西。

刚进大学,轰轰烈烈的"文革"开始了。短短一个月,姐夫母亲被迫害致死,父亲紧接着惨遭不幸,也死了。他们都属于"文革"发动后高级干部中的第一批受难者,姐夫成为落难公子,然后开始追求表姐,开始谈恋爱。我们都知道漂亮的表姐有男朋友了,都知道那男朋友家庭背景不一般。渐渐地,恋爱中的男朋友转正成为姐夫,稀里糊涂算大学毕业,夫妻双双分配在石家庄。

有好几年,只要是个放假日子,小夫妻就往北京跑。作为一名独生子女,表姐非常恋家,恋北京的那个家。"文革"后期,姑父从牛棚放出来,重新恢复工作,住房也恢复原来面积。北京是块巨大的磁铁,对娇生惯养的表姐充满吸引力。根据相关政策,身边无子女的老人应该有所照顾,小夫妻一商量,让表姐先行一步调回北京。

接下来,成了姐夫一个人的奔跑,一到周末,赶快往火车站赶,见车就上,上车再补票。有好几年,他们心思都用在如何解决夫妻分居上。在今天这几乎不是问题,当年却是实实在在的大问题。问题的关键,关键的问题,这问题一旦成为问题,会变得非常严重。动过很多脑筋,打了无数报告,始终不能解决。是可忍,孰不可忍,好不容易调回北京,表姐开始严肃认真地考虑,是不是应该重新返回石家庄。回首都的难度太大了,感觉要比登天还难,那年头,大家都很听天由命,一切都是被动,都是听组织安排。什么事定下来便定下来,跟谁结婚都一辈子,分配任何一个单位必须干到退休,户口在哪就得准备在哪老死。

说怂恿也好，说撺掇也好，最后姐夫按照表姐的口授，给邓小平写了一封信。这信或许还能在历史档案中找到，意思很简单，既然姐夫死去的父亲与他有过些旧交情，那么就请老人家帮忙照顾，解决一下夫妻分居。

信写得冒昧，也不知道能不能收到，没想到居然真成了，有一天下班，传达室来了一封信，是姐夫的调令，让他在限定日子里，到北京一家生产电视机的工厂去报到。

4

我成为一名作家以后，常有人问为什么不写这个，为什么不写那个。姑姑认为应该把祖父和祖母的故事写出来，说你想想当年的那两个年轻人，都有文化，都接受过新式教育，祖母还是女大学生，一本正经订婚了，然后却有四年时间，没有任何交往，连封信都不敢写，终于进洞房了，才第一次见面，恩恩爱爱过一辈子，多么好的小说素材。

姑姑退休，有过很漫长的时光。养花，集邮，看体育节目，偶尔写些小文章。一直觉得她的经历写出来会很好看，可惜知道的太少，写不了。姑姑有时候也跟我们聊，谁留在大陆，谁去了台湾地区，谁去了美国，还有谁谁最倒霉，一生坎坷。想当年，她那些大学同学何等风光，一个个金枝玉叶，嫁男人非富即贵，然而在动荡年代，富贵过眼烟云，能够太太平平，能够平平安安，便已经是上上签。

高考恢复，我考上了大学，表姐是亲戚中唯一表示祝贺的人，她说这分数不错，差不多可以进重点大学。那时候，搞不清楚什么叫重点大学。当了四年工人，能上大学已心满意足，上什么大学都可以。对我来说，目的非常简单，就是想进大学门。高考是块敲门砖，仿佛表姐执拗地要回北京，那只是一种非常纯粹的渴望。表姐后来成为出版社编辑，我也不知道她编过什么书，反正和学的专业没任何关系。

很长一段时间，表姐都是心目中女大学生的标准形象。我觉得女大学生就应该那样，青春漂亮，精明强干，风风火火。说老实话，女大学生数量最好少一些，物以稀为贵，少了才有味道。等到我上大学，女大学生开始多了，相对于男生，仍然还算稀有。中文系女生最多，也不到五分之一，都说那几届大学生含金量高，女生更是真金白银。全校女生只住一栋楼，一栋五层大楼，最下面一层还住着男生，被我们戏称为看家护院。

一转眼，三十多年过去，女大学生泛滥。上大学太容易，满眼全是女大学生。一切都颠倒过来，现如今，不是女大学生的女孩，像当年的女大学生一样稀少。大约五年前，几个女大学生跑我母亲那里，向她老人家推荐一款饮水机，价格要一万多块。不明白为什么一台看上去并没多特别的饮水机会这么昂贵，而且居然成交了。等我闻讯匆匆赶回去，母亲已成为推销者，兴高采烈向我介绍这机器如何好，如何绿色健康，如何高端，一个劲地建议我也应该考虑购买。

母亲经常上推销人员的当，尤其容易受那些打大学生旗号的女孩蛊惑。这种心理说到底，还是源于对女大学生的敬重，母亲心目中，女大学生接受了高等教育，不应该骗人，也不会骗人。我一直没弄明白，为什么会是女大学生上门推销饮水机，和母亲一样，我也觉得女大学生天性简单，不应该骗一个八九十岁的老太太。事不过三，类似案例多了，一次次花冤枉钱，母亲心态也开始发生变化。

姑姑在世，曾和她聊过这些。那是最后一次见面，她已经九十岁，独自一人住一套很大的房子，一会儿清醒，一会儿糊涂。女婿去了东莞，表姐过世，姐夫一直单身。外孙女去了加拿大，跟一个意大利男人结了婚。

姑姑问："你妈买的那台饮水机，真的很好？"

我笑着说："再好，也不应该那么贵呀！"

"真一万多块？"

"对，一万多块。"

"一万多块很贵呀？"

"当然很贵。"

最后这次谈话，我提到了表姐，问起远在加拿大的外甥女，还有姐夫近况，姑姑对这些话题不感兴趣，只是一遍又一遍追问，反反复复地问，买个一万多块钱的饮水机是不是很昂贵，买那么贵的饮水机是不是很傻，你妈是不是被人家骗了，是不是有很多女大学生到过你们家。人老珠黄，人老了有时候真会糊涂。那时候，长辈中只剩下姑姑和我母亲两位老太太，也许想表明自己更清醒，她没完没了地说饮水机。越是想表明比我母亲清醒，越发证明了她的糊涂。姑姑的思维显然出现严重障碍，问她是否还能记得当年我们一起骑车去黄土岗买花，她茫然地看着我，已完全记不得这事。

5

骊山小雅是小邹的女儿，小邹这些年来一直在照顾我母亲，时间长了，跟一家人一样。母亲脾气不太好，经常会跟她有些口舌。小邹脾气也不太好，一生气就打电话诉苦，怨声载道。我只好做和事佬，两头相劝，为双方说好话。时常还偷偷塞点钱给小邹，只求息事宁人。矛盾永远难免，好在大家还能忍，各自有些小算盘，都有要忍让的理由，母亲需要小邹照顾，小邹呢，也需要保姆的薪水养女儿，要供女儿读书，供她读初中，升高中，然后考大学上大学。

在骊山小雅失踪之前，我没见过这个女孩子。经常听母亲说起，说有些娇气，人还算漂亮，学习成绩不错。小邹并不漂亮，城里待了很多年，还是土头土脑。她丈夫死于一次严重的病毒性感冒，一说到这个，小邹十分后悔，后悔没及时替丈夫看病。农村人得感冒不去医院治疗很正常，没想到说不行就不行了。她一直没改嫁，不嫁人，想等女儿上了大学再说。

终于考上大学，一直听小邹说女儿成绩好，如何出类拔萃。真参加高考，也就一般，二本线都没达到。勉强进了三本，在一个并不怎么样的大学读商学院。

"并不怎么样"是小邹原话,她就是这么跟我母亲说的,因为别人都在这么说。其实没觉得这大学有什么不好,心疼的是要多交钱,如果去另外一所大学,可以不交钱。毕竟她那银子都是当保姆挣来的,得之也不容易,然而女儿坚持,专程跑过来跟她磨嘴皮,纠缠不休,小邹最后只好让步。

骊山小雅玩失踪是大学三年级,有一天,母亲气急败坏地打电话给我,说出了大事,小邹女儿不见了,失踪了。三言两语说不清楚,正一头雾水,电话那头变成小邹的哭诉,一边哭,一边诉说。我大致明白怎么回事,让她先不要着急,让她赶快报案。小邹说报案了,派出所已做记录。电话里说不清楚,我不得不放下手头工作,在抽屉里抓了几个硬币,立刻去母亲那里。打车很难,等不到出租车,就准备坐公交,要转一次车,结果坐了一大截公交,换车时,看见一辆空出租车开过来,连忙招手试运气。没想到竟然停下来,上了出租车,司机听说要去的地方,叹了口气,回过头来白了我一眼,显然嫌路程不够远。我有些庆幸,打电话给母亲,告诉她马上就到。

小邹见了我,把说过的话又重复一遍。一边说,一边哭,母亲在一旁劝她不要哭了,再哭也没有用,让我赶快想点办法。按照惯例，每次小邹汇钱，女儿会回一条短消息，表示收到，偏偏这一次很特别，钱汇出去没任何消息，手机打过去，通了也不接。再以后，干脆电话也打不通。一连三天没联系，给学校打电话，打给女儿的班主任。班主任说，她女儿一个多星期没去学校上课，校方正准备要和家长联系。小邹开始真着急了，赶到学校，由班主任陪着，一起去报警。

班主任出主意，让小邹去找媒体，说这事只要报纸上一披露，跟登了小广告一样。小邹想到了我，她觉得一个常在报纸上发点小文章的人，这事操作起来一定非常容易。我哭笑不得，告诉她副刊上写豆腐干文章，跟登寻人广告完全两回事。凡事得老老实实地按规矩办，我哪有那个能耐，就算认识报社几个人，也不可能想登什么就登什么。小邹因为太着急，说什么都听不进去，我让她哭得没了主意，只能病急乱投医，给报社朋友打电话，让他跟小邹解释。

报社的朋友建议发微博试试，说这玩意儿比报纸还管用。我正好有微博，刚开始玩，脑袋一发热，便安慰小邹，说自己有一百多万粉丝，也许发条微博还真是个办法。

小邹将信将疑，带着哭腔说：

"这真的管用?"

当然没把握,只能试试。从小邹那儿要了一张照片,用手机拍下来,随手写了几句话,当场发送出去。这是我第一次见到小邹女儿的照片,果然是个漂亮女孩,眉清目秀,有点像我表姐。我问母亲是不是很像,母亲戴上老花镜,对着照片看,不说像,也不说不像,说这丫头没照片这么漂亮。

微博发送出去,立刻有反应,转眼之间,有好几个人帮着转发。我让小邹快过来看,一边跟她解释。微博的快速反应让人惊喜,有人转发,还有人跟帖起哄评论,说什么话的都有。早过了吃午饭时间,小邹也没心思认真做饭,简单地下了点面条。吃着面条,我吃惊地发现,又突然增加了一大堆跟帖,有一个人甚至还提供了小邹女儿的微博,晒出她的网名叫"骊山小雅"。这真是太让人意外,小邹和我母亲从没听说过微博,也不知道什么叫博客。我连忙打开网页搜索,找到"骊山小雅"的微博和博客,一段段随性文字,一张张青春气息的图片,被点击打开,小邹和我母亲看了完全傻眼,目瞪口呆。

照片上的骊山小雅,既洋气,又亮丽,一个十足的时尚大美女。

6

回家路上接近晚高峰,这个时间点,不可能有出租车。直接去坐公交,老老实实在车站候车。候车的人很多,不排队,都聚精会神看手机。不一会儿,公交车来了,大家往车上挤,挤上去,继续看手机。一直觉得很多人盯着手机屏幕看,有一种不可言传的喜剧感,没想到我这局外人,现在也抱着个手机不肯丢。

网络实在太神奇,跟帖五花八门,有人甚至置疑这个漂亮的姑娘,会不会是我的小三。有人在微博后面留言,只要往他账号上打钱,就可以提供非常重要的消息。我的微博是实名注册,紧随在后面便是几条忠告,提醒那人肯定骗子,千万不要上当。结果这些人先吵起来,一言不合,互相对骂开了。那人看来真是骗子,说话轻薄下流,很快招引了一连串跟帖,都是指责他的。

公交车很挤,路途遥远,我在车上一路摇晃,一路看微博跟帖。有个名为"公安学院李警官"的人给我留私信,希望提供电话号码,有话要跟我说。说有些话只能在私信里讨论,公开谈这个不好。我便用私信回复,告诉他手机号码。很快,李警官拨通了电话,问我微博内容是否完全属实,有没有什么新线索。周围环境太嘈杂，乘客大声说话，一遍遍广播报站，外面汽车在使劲按喇叭，我用手掌捂住耳朵，还是不能完全听清楚他在说什么。

公安厅一位领导看到我的微博，给李警官打电话，让他过问这件事。李警官告诉我，和上司一样，他们都是我的粉丝，都喜欢看我的小说。他不仅是公安学院教授，还是打拐办公室的副主任。李警官提醒我，网络世界鱼龙混杂，不要相信任何人，不要汇钱，不要轻易提供自己的真实信息。李警官还说，女大学生失踪案，近年来有很严重的上升势头，他给当地警方打过电话，让他们加大寻找力度，相信过不了多久，会找到这个骊山小雅。

这以后，热心的李警官跟我通了近十次电话，态度非常诚恳，说话语速慢，从容，一聊就是半天。他很乐意跟我聊天，非常愿意提供小说素材。小邹女儿的故事有着各种可能性，世界上的失踪不会无缘无故，有可能是私奔，有可能被黑车司机抢劫，被劫财劫色，被骗去搞传销，被拐到落后地区去给人家当老婆。总之一句话，什么事都有可能，真相肯定比作家们写的小说更离奇，更荒唐。

警方找到了小邹女儿的闺蜜和前男友，都是一个班上同学，获得一些有价值的线索。前男友成为突破口，一周前他们还在离学校不远的如家酒店开过房。前台服务员找到了开房记录，据她回忆，两位年轻人那天去过对面的麻辣烫，归来时手上还拎着吃剩的打包袋。事实面前，尽管不愿意交代，前男友还是不得不承认有过幽会，希望这事不要让现任女友知道。他向警方供述了两人的分手原因，说小邹女儿并不太在乎他，说她起码和三位男生关系暧昧，而这三位男生又恰巧都是最好的朋友。很长一段时间，他不过是个备胎，只有在她心情不好时，才会突然想到他。这次见面也仍然是对方主动要求，她告诉他准备要考研究生，并且和一位网名叫"海边的大叔"的人有了交往，经常在网上聊天。前男友觉得小邹女儿的失踪，很可能与这位大叔有关。

每次与李警官通话，都会有些令人激动的消息，然后我再打电话，把新的消息告诉小邹。对于小邹来说，这些消息就像晴天霹雳。她从来都不知道女儿有过男友，一直觉得女儿是张白纸，觉得自己对不起死去的丈夫。小邹做梦也不会想到，她的宝贝女儿会那么出格。接下来，警方很快找到小邹女儿，这位骊山小雅竟然跑到山东去了。根据网民提供的线索，警方顺藤摸瓜，在离青岛不远一个县级市的酒店发现踪影。酒店大堂的监控摄像显示，她在这家酒店已经住了三天。

"海边的大叔"是当地一位不大不小的官员，有老婆有女儿。他承认与骊山小雅的关系暧昧，监控摄像上有他进出小邹女儿房间的准确时间，一段视频甚至拍到了两人在电梯里的拥抱镜头。"海边的大叔"承认拥抱，承认接吻，承认抚慰，坚决不承认有过那种实质性的最后。有就是有，没有就是没有，他甚至要求警方去查验酒店有没有少了避孕套，说如果需要，他可以让酒店方出具一份证明。

骊山小雅被警方护送回学校，小邹也赶过去。母女相见大哭一场，自然会有几句责怪，不过事已如此，说什么都多余，再责怪也没用。都觉得太过分太出格，过分也就过分了，出格也就出格了，还能怎么样。警方事先做工作，跟家长和学校打招呼，希望不要再刺激她，免得破罐子破摔，又一次不安分，再做出更过激的行为。李警官说，治安责任重大，警方最恨最怕的就是这种不计后果的任性，白白浪费宝贵的警力资源。过去都认为城市的女孩子娇生惯养，做事会过分和出格，现在农村长大的丫头，胆子大起来更不靠谱。

7

小邹匆匆赶去见女儿,我母亲最担心她会一去不返。再找一个这样的人并不容易,事实上,小邹已流露出了这个意思,她很绝望,不想再当保姆。骊山小雅玩的这次失踪,进一步改变了母亲对女大学生的美好期盼,也让含辛茹苦的小邹彻底动摇。长久以来,把女儿培养成大学生的信念一直在支撑小邹,现在,美丽的肥皂泡突然破灭。

网名"骊山小雅"的小邹女儿,我从未见过面的那位女大学生,一本正经地告诉警方,海边酒店三天,更多的时候,她是独自关在房间思考人生。人生有太多问题,需要思考需要琢磨,而"海边的大叔"不过是个意外,是小插曲,大家都别太把那大叔当回事。

二〇一四年九月二十二日　南山

赤脚医生手册

1

一九六九年秋天,我开始上初中。正赶上二十周年国庆,我们年级要组成一个方队,参加庆祝游行。当时是很光荣的任务,几乎所有同学都能参加,只有身高不够的例外。我恰恰属于身高不合格,负责训练的解放军让我们做预备队员,所谓预备,到游行的最后关头,如果发生意外,有人缺席,可以作为替补。

一开始,还跟着认真训练,很快打入另册的同学便不再跟着大队人马一起玩了。我们开始逃避,后来干脆不去训练。身高不够的这几位又叫"僵公",发育迟缓的意思,在那个年龄段,我们真是太矮了,所有女生都比我们高,很多男生更要高出一个头来。因为个子矮小,常常遭人欺负。

我和朱仁杰还有丁余强成为最好的朋友,朱仁杰跟我同班，丁余强是隔壁班，三个人能玩得好，最重要原因是大家都矮，都是发育迟缓的僵公。其他同学不屑于跟我们玩，那年头男生以敢打架为能事，天天有人打架斗狠，我们身材矮小胆子更小，只配看热闹。下课期间，操场上有人打架，我们赶紧往楼上跑，赶到过道上，占据一个有利位置，趴在水泥栏杆上，居高临下看人打架。

到读初二，丁余强开始长个子，猛长，突然比我和朱仁杰高了，很快高出一大截，开始有了点小胡子。尽管在后来，是个子最矮的一位，可是在当时，他顷刻之间，变得魁梧起来，不仅个子高了，还结实。那段日子，丁余强练石锁，练过几天拳，胆子也大了，说话口气也开始改变。

当然，说话口气变了，不是因为练过拳，练过石锁，人胆子都天生，怎么可能说大就大。丁余强说起话来底气十足，是觉得背后有李胜利在撑腰。李胜利是我们那一带绝对的大魔头，虽然腿有些瘸，打架从未输过。那几年，李瘸子威名震惊四方，丁余强常在外面吹牛，说我们院的李胜利会帮他打架，谁要是敢欺负他，就喊李瘸子教训谁。事实上，我们都有过狐假虎威的经历，毕竟是一个大院的孩子，父母都同事，从小就认识。我和朱仁杰比较低调，只说认识李胜利，不敢在外面公开说他会帮我们打架。我们都知道，李胜利高高在上，才不会为我们出头露面，他根本看不上我们这些没用的小兔崽子。

闲着无聊，大家就一起为敢打架会打架的男孩排座次，争得面红耳赤。总是把李瘸子排在第一，李胜利是我们心目中的英雄，他的拐是天下最厉害的兵器。或许平时结仇太多，李胜利走路喜欢贴着墙，警惕性非常高，好像时刻都在防范别人偷袭。我们都知道，他那腿摔断过，走路一瘸一拐，其实并不严重，随身带拐，相当于拎着一件兵器，他的拐是钢管焊接，据说中间还藏着一把锋利的三角刮刀，刮刀上有很深的血槽，捅起人来没任何阻碍，轻轻一扎就进去了，捅一个死一个。

有一天，记得是暑假，丁余强很紧张地找到我和朱仁杰，不知道从哪得到一个消息，说下关那边过来了几个寻仇的小伙子，扬言要敲断李胜利的一条好腿。他们说这次一定要给李瘸子一个好看，要让他以后只能爬着走路，要让李胜利永远变成李失败。我们商量着要不要把这个消息告诉李胜利，很快得出一个结论，应该这么做，必须这么做。李胜利是排名第一号的英雄好汉，我们都跟着沾过光，因为有了他，我们脸上都有光彩。

现在他遇到危险，大祸临头，我们义不容辞，应该为他做些什么。

李胜利家紧挨着朱仁杰家，就在他家对面，我们假装在朱仁杰家玩，然后趁机将有人要袭击李胜利的消息告诉他。通过朱仁杰家窗户，我们看见李胜利正在园子里玩石锁，他赤裸着上身，已玩出了一身大汗。谁去把这件事告诉他呢，我们决定抽签，各自从扑克牌里抽一张，谁的牌最小，谁就去通风报信，结果是我摸到的那张最小。于是，就从朱仁杰家的窗户爬出去，走到李胜利面前，将有人要准备袭击的消息告诉他。李胜利半信半疑地看着我，不说话。我回过头来，往朱仁杰家看，李胜利也跟着我的目光一起看，这时候，丁余强和朱仁杰也正对着我们望。

李胜利冷冷地说："好吧，老子等着他们！"

我很希望李胜利能问些什么，可是什么也没有说，他继续玩起石锁，一副不愿搭理我的样子。如事前预料的那样，我知道他根本不会为这事感谢我们，可是他接下来一句话也不说，确实让人感到尴尬。过了一会儿，我默默地回到朱仁杰家的窗前，再一次爬了进去。丁余强和朱仁杰迫不及待，连声追问李胜利说什么了，我非常沮丧，充满了一种无功而返的遗憾，说李瘸子什么也没说,他确实什么也没说。

2

三天以后,从外面游泳回来,看到一辆救护车拉着警报,正往大院外走。我们不约而同地想到会不会是李胜利被人打了,如果真是,一定很严重,连救护车都赶来了。结果虚惊一场,跑到朱仁杰家,我们通过窗户往李胜利家看,看不出什么异常。门关着,窗也关着,没任何动静。

"如果真发生什么,也不能怪我们,"丁余强忐忑不安地说,"我们都提醒过了,通过风报过信。"

接下来,伏在朱仁杰家窗台上,我们一边说话,一边继续观察动静。过了半个多小时,李胜利家门突然打开,刚当上革委会副主任不久的李胜利父亲从里面走出来,站在门口往四处看,果断地挥一下手,一个姑娘从里面走出来。我们立刻看清楚是谁,那是李芳芳,剧团里一位专演配角的年轻演员。李芳芳长得很漂亮,"九一三"事件后,林副主席的儿子选妃子被曝光,大家都在传说她进入过第三轮。第三轮究竟怎么回事,也不是很清楚，反正被选了，没选上。

那个夏天真的很无聊，我们在一起谈来谈去，无非谁最敢打架，谁最不怕死。当然，也会偷偷地谈谈女人。怎么谈呢，就是琢磨什么样的男人，女人才会喜欢，结论很简单，自然是敢打架的男孩女孩子都喜欢，李胜利敢打架，因此招人喜欢，美女爱英雄，即使他是个瘸子，也还会有很多女人主动送上门。

我们对异性一无所知，都还是十二三岁的小公鸡头，时代风气又特别保守，在学校，男生女生跟杀父仇人似的，连话都不说。性知识方面一片空白，丁余强忽然想到一话题，说大家既然是最好的朋友，那就互相坦白说说心里话，各自说出一个自己最喜欢的女生名字，不想用嘴说的，就用笔写下来。我和朱仁杰相互对看一眼，不置可否，丁余强很当真，兴冲冲地让朱仁杰去取纸笔，说大家不许耍赖，都必须写。

纸和笔都有了，朱仁杰眨了下眼睛，说丁余强你先写，你写了，我们再写。丁余强很爽快，写了，捏在手心里，不让看。朱仁杰也写了，给我看了一眼，上面写着"刘胡兰"，我立刻依葫芦画瓢，也写了个同样的三个字。大家把纸条摊开，丁余强看了我们的纸条，急了，说你们这是耍赖，连忙要撕自己手上的那张纸条。

我和朱仁杰便上前抢，一个掰手指，一个在胳肢窝那挠痒痒，硬是把纸条给生生抢下来，上面写着一个女生的名字：

"张玛莉。"

我们不知道张玛莉是谁，可以肯定，一定是丁余强班上的一位女生。丁余强心中秘密暴露，脸红得像猪肝，眼睛也红了，带着哭腔说你们太不仗义，说你们不是哥们，说你们也必须要写。朱仁杰说我们心中根本没有，没有你让人家怎么写。这当然不是老实话，那岁数男孩子，谁心里会没有暗恋女生。丁余强为了这事，气哭了。他哭得很伤心，先是流眼泪，后来干脆小声抽泣起来，越哭越伤心，越哭越没完。

为了让丁余强心理平衡，为了安慰他，朱仁杰答应我们每人坦白一个与性有关的小秘密。说一定要交代，一定要说一件最有分量最下流的事，要说一件见不得人的。让我先说，我想了一会儿，告诉他们自己家里有一本《赤脚医生手册》，那上面有女人的那个图案，有女人是怎么回事的详细说明。说完了，朱仁杰和丁余强两个人眼睛瞪得很大，丁余强的脸上还带着泪痕，好像都不太相信我说的话，不相信书上竟然会有这些。

接下来，轮到朱仁杰，他犹豫了一会儿，不知道是不是应该说出来。好像实在是没什么可坦白交代，就咬着牙说好吧，大家既然好朋友，都掏了心窝，我也来说一个，我也把它说出来。朱仁杰说他母亲住在城市的另一头，每个月过来一次，来了就帮他外婆洗澡。由于朱仁杰家就一间房子，洗澡从来不回避这个孙子，老太太也不在乎，常常一边洗，一边还招呼朱仁杰拿毛巾。

3

　　我们偷偷向丁余强班上的男生打听，谁是张玛莉，很快有了答案。一个相当漂亮的女生，梳着两条细细的小辫，朱仁杰说难怪丁余强会看上她，说这女孩确实还不错，说她穿的衣服也好看。

　　我们还一起分享了《赤脚医生手册》，翻到"产科和妇科疾病"那一章，三个人一起看，一边看图，一边不怀好意地傻笑。朱仁杰说这玩意儿怪怪的，看上去总觉得像个什么，像什么，对了，很像一只竖着的眼睛。有时候，傻笑可以是一种很好的掩饰，可以掩饰羞涩和难为情。丁余强故意把脑袋侧过来，研究好半天，戏谑地说这确实像只眼睛，真有些像，可它究竟是闭着，还是睁开呢。从此以后,"竖着的眼睛"成为我们的暗语,学坏会让人感到快乐,大家很得意,都觉得自己要了点小流氓,已经开始堕落。

分享各自秘密往往是加强友谊的最好黏合剂,那以后不久,李胜利便被抓,被送往大连山劳动教养。我们立刻有些兔死狐悲的落寞,李胜利是大家心目中的英雄,打遍天下无敌手,最后却还是被收拾了。一棵可以依靠的大树,我们心理上的一个靠山,说没有就没有了。有一天放学,几个高一届的学生拦在了路口,跟我们借钱买烟抽。所谓借,其实是明目张胆地要,那时候中学生身上都不带钱,他们不相信,上来搜,没搜着,便赏了我们一人两记耳光:

"妈的,你们的那个李瘸子呢,不是有他给你们撑腰吗。"

那以后,丁余强再也没心思练习石锁,他觉得没有李胜利撑腰,反正打不过人家,反正是要被别人欺负的,练了也没用。有一段时间,一放学就提心吊胆,怕遇上那帮人又过来找我们麻烦。过了些日子,我和朱仁杰突然发现丁余强与那些欺负过我们的人玩到一起去了,用他的话来说,是打入了敌人心脏,已与敌人交上朋友。丁余强说只有这样,人家才不会再找我们寻事生非。很快，他与那伙人中一个叫金子的家伙成了哥们，动不动把他挂在嘴上，金子这样金子那样，金子说我们马上就要跟"苏修"打仗了，金子说美帝国主义是纸老虎，苏联帝国主义是化学塑料制造出来的大白熊，他们最后都不可能是我们的对手。

说到底，金子只是那伙人中非常不起眼的一个小喽啰，丁余强与他成为朋友，顿时觉得脸上有光，有了靠山，做人都变得理直气壮。有一次，朱仁杰与李斌发生了冲突，两人撕扯起来。朱仁杰不是李斌对手，很快败下阵，脸上重重地挨了一拳，流了许多鼻血。李斌并不是什么狠角色，打赢了，扬扬得意，扬言还要再教训朱仁杰。丁余强听说这事，便喊金子帮忙，金子果然带了几个人到我们班上来，将李斌威胁和吓唬一番，扇了他几个耳光。

为了感谢金子这一次的见义勇为，丁余强开始死皮赖脸地要跟我借那本《赤脚医生手册》，说人家金子对我们有情，我们不应该对他无义。过去都觉得李胜利会帮我们几个撑腰，可是从没有真正地为我们出过头，金子却是货真价实地帮了朱仁杰。现在，听说有这么一本书，金子非常非常想看，他向丁余强诅咒发誓，说只看一眼，只要看一眼，看过保证一定归还。禁不住丁余强的胡搅蛮缠，我终于答应借给金子一天，说好就一天，绝不拖延。

然而最后还是出了意外，书到了金子手上，这个不知轻重的家伙，大模大样在课堂上看起来，不仅自己看，还让一起坐的同学共享。好在还能遵守诺言，放学时，将书还给了丁余强。我并没看到他还书，丁余强也没说，他当然不会说，如果书还了，没理由再将书带回家。放学后，我和朱仁杰在路口等候，他满脸笑容地走过来，然后一起去朱仁杰家玩扑克。一路上，丁余强又是没完没了地说金子，向我们卖弄他们的关系已发展到了什么地步，说金子新近认识一个叫菜包子的人，打架绝对厉害，说这家伙学过摔跤，脚上有功夫，腰一弯，手一捞，无论抓着谁，都可以将别人摔个朝天跤，说李瘸子还要在的话，根本不是他的对手。

我们在朱仁杰家玩到了天黑，一直玩到朱仁杰的外婆过来叫他准备吃晚饭。朱仁杰外婆一头白发，走起路来颤颤巍巍，她的声音很怪，是一种我和丁余强都听不懂的外地口音。那天正好朱仁杰母亲也在。回去的路上，丁余强不怀好意地说，朱仁杰他妈今天来了，肯定又要给他外婆洗澡，这一洗澡嘛，朱仁杰这小子又要大饱眼福。我说丁余强你怎么这么下流，怎么可以这么说。

丁余强说:"这有什么,本来就是。"

丁余强又说:"难道一个光着身子的女人在你身边,你会不看,你就不会偷看一眼?"

《赤脚医生手册》这本书太厚了,尽管我在书架上做过伪装,还是没有瞒过父亲的眼睛。父亲爱书如命,最恨别人跟他借书,吃晚饭时,他注意到书橱里出了问题。我不得不坦白交代,当然所谓坦白,也仍然夹杂一些谎话,我说丁余强当知青的哥哥要用,父亲将信将疑,说他哥哥为什么不能自己去买一本呢。

第二天在学校,第一节语文课下课,丁余强神色慌张地从隔壁班上跑过来,告诉我他书包里那本《赤脚医生手册》不翼而飞。当时觉得这事完全不可能,不应该这样,不可能这样。答案只有两个,一是那个叫金子的家伙耍赖,拿了这本书不还,丁余强拿他没办法,于是扯谎说书没了。当然还有可能,自己将这书藏起来,为了能借这本书,他动足脑筋,不知说了多少好话,不知编了多少故事。丁余强最喜欢玩小聪明,为了这本书,他很可能想占为己有。

不远处,朱仁杰在和别的同学聊天,看见我们在这头说话,好像也有要过来的意思。但是一直没过来,丁余强显然不想让朱仁杰知道，就害怕他真过来，让我千万别说这事，千万不要让朱仁杰知道他将书弄没了。他向我保证，保证将这本书找到，如果真找不到，会想办法赔一本。由于借书这事本来就瞒着朱仁杰，我确实也不太想告诉朱仁杰。

4

这本《赤脚医生手册》从此没了踪影，一开始，丁余强坚信他的一个哥哥拿了。他有两个哥哥，大哥下乡插队，二哥也在我们学校，比他高二年级。丁余强和二哥合睡一张小床，他有充分理由怀疑二哥所为，因为二哥那个岁数，显然也会对这本书上的图案产生兴趣。丁余强向我保证，过不了几天，二哥便会偷偷地将书还给他。

俗话说借书一痴，还书一痴。从一开始，父亲就觉得会有去无回，因此书后来真没了，也谈不上特别心疼。本来买了也是准备带乡下去看，有一阵子，干部下放的风声很紧，父亲买了很多固体酱油，买了一大瓶消毒用的碘酒，买了针灸针和艾条，买了这本《赤脚医生手册》，做好下乡准备。可是雷声大雨点小，最后没下放，买的那些东西自然也就无所谓了。

我和丁余强为这事闹了别扭，他开始也着急，渐渐地就耍无赖，躲着不见人，干脆不跟我们在一起玩了，本来也不是一个班，要想避开十分容易。那年头，动辄学工学农，一学一个月，一个班一个班轮过来，大家不见面很正常。朱仁杰与丁余强也闹起别扭，丁余强把他偷看外婆洗澡的事说了出去，朱仁杰则在背后讥笑他喜欢张玛莉。后来总算又都和好了，又在一起玩过一阵，反正好好坏坏，随着年龄增长，我们的友谊越来越淡。再后来，朱仁杰搬父母那边去住，索性转了学校，三个小伙伴形影不离的日子一去不返。

高中毕业，丁余强下乡当知青，我和朱仁杰留城当工人。偶尔在大院遇到，无非点个头，匆匆说几句话。恢复高考，我和丁余强考上了大学，丁余强读医学院，后来成了很有名的妇科专家。朱仁杰没上大学，在厂里混得不错，很快是车间主任，以后又成为厂长。上世纪八十年代，工厂效益非常好，然而让丁余强最羡慕的，还是朱仁杰娶了张玛莉。天下真会有这样的巧事，丁余强的梦中小情人张玛莉，最后竟然会和朱仁杰分配在同一家工厂，记得朱仁杰第一次说起这事，还笑着说要把丁余强当年喜欢张玛莉的秘密告诉她。

这以后很多年，我们的人生轨迹没任何交集。童年的大院早已不复存在，老式平房都拆了，盖起了大楼。进入新世纪，我和丁余强成为一家知识分子联谊会的成员，这个组织经常安排各种会议，经常组织这样那样的活动。会议和活动期间，不是我逃会，就是丁余强缺席，真正坐一起说话的机会也不多。由于医术高超名气太大，向朱仁杰求诊的病人特别多，不停地有电话找他。有一次我们总算坐到了一起，正开着座谈会，别人在慷慨发言，他接二连三地接手机，口气变得很不耐烦。挂了电话，他向我抱怨，说什么人都喜欢找他，很多小手术根本不需要他亲自动手，也非要他来做。

丁余强向我通报了一连串的名人，说这些女人都找他看过病。他告诉我，正在发言的那位女领导，别看她红光满面，她的子宫就是他亲手切除，是恶性肿瘤，已经有点晚了，不过目前看来问题还不大。还有那个张玛莉，那个初中时他暗恋过的女生，现在的朱仁杰老婆，也经常跑去找他。张玛莉患有不止一种妇科方面的疾病，现如今，像她那样的女工早就下岗了，挂一个丁余强这样的专家号要很多钱，因为是老熟人，这些钱他都帮她给省了。

说着说着，我们又谈到了朱仁杰，一直都是丁余强在说，因为我对朱仁杰的状况，基本上不知道。这以后，大约过了半年时间，我碰巧见到了朱仁杰。碰头地点有点荒唐，是在殡仪馆，单位里一位老同志走了，我们去送别，没想到会遇到朱仁杰。很多年没见面，都有点认不出对方。朱仁杰是来送他的老丈母娘，我因此也见到了眼睛哭得通红的张玛莉，她已经完全没有了少女时代的影子。

因为害怕交通拥堵，我们都属于提前到达，太提前了一点，正好有一些时间可以用来聊天。朱仁杰为我们做介绍，张玛莉说用不着介绍，说我知道你，你现在已经是个名人了。我让她说得不好意思，说我也听丁余强不止一次说起你，这话也是脱口而出，刚说完，突然觉得不应该。张玛莉脸上顿时有些不自然，朱仁杰也没有任何回应，幸好哀乐声响了起来，远远地一群人正在集中。人来人往乱哄哄的，我们开始转移话题，开始抱怨人多，抱怨城市交通，抱怨新的殡仪馆离市区太远。

朱仁杰的工厂早已倒闭，身上依稀还有当过厂长的派头，他现在一家私企打工，看上去混得不算好也不算坏，从随身小包里掏出一包软中华，问我抽不抽烟。他太太张玛莉看他要抽烟，立刻表示反对，特别是听说我不抽烟，非常不屑地指责丈夫：

"看看人家作家都不抽烟，为什么你就不能把烟给戒了，为什么？"

"我也觉得奇怪，"朱仁杰将烟点了，笑着说，"你他妈一个当作家的，竟然不抽烟，怎么写作！"

张玛莉离开了，她要到那边去看看，是不是该轮到她家布置灵堂。朱仁杰看看手表，说时间没到，不可能会提前。张玛莉一走，我们很自然地聊到了过去，聊到丁余强，我告诉朱仁杰，开会时偶尔也会遇上他。朱仁杰笑着说人不可貌相，这家伙人模狗样，现如今还真混出了名堂，听说名气很大，年薪很高。我不知道应该怎样描述丁余强，只能很暧昧地附和，说很多事情确实预料不到，谁也不会想到，这小子最后会成为一名妇科专家。

朱仁杰有些尴尬，很显然，我们不约而同地都想到了妇科医生会怎么干活，想到了张玛莉一次次去找丁余强看病。事实上，刚开始听到丁余强考上医学院的时候，我就想到他可能会学这个，为什么呢，因为这小子有点邪乎，因为他私吞了那本《赤脚医生手册》不肯归还。我告诉朱仁杰，说你可能还不知道，其实是我成全了今天的丁余强，是我成全了他。朱仁杰不明白我的意思，不明白为什么会这么说。我告诉朱仁杰当年的真相，问他还能不能记得在我家一起研究《赤脚医生手册》，还能不能记得我们曾经一起讨论过的"竖着的眼睛"。

朱仁杰眼睛瞪很大，好像知道怎么回事，又似乎不太明白。我便把当年的事情经过，一一对他说明，说丁余强谎称那本《赤脚医生手册》没了，其实肯定没弄丢，一定是偷偷藏了起来。我告诉朱仁杰，自己当年没将这事说出来，瞒着他，是因为怕他多心，都是一起玩的小朋友，厚此薄彼总不太好。没想到朱仁杰对这事根本不介意，他突然打断了我的叙述，十分肯定地告诉我，说他其实早就知道了，他当时就知道这件事。

我很意外："丁余强跟你说过？"

"不，他没说，他当然不会说。"

朱仁杰似笑非笑，表情很丰富，从小包里再次掏出软中华，取了一根出来，点着，深深吸了一口，缓缓吐出烟雾，很沉着也很得意地告诉我，说丁余强并没有将那本《赤脚医生手册》藏起来，真正将书藏起来的是他朱仁杰。事实上，朱仁杰早就发现我和丁余强之间的秘密，当时他确实有些生气，一肚子不高兴，因为在此前，也曾试探过想借这本书，可是被我一口拒绝。那天在他家玩扑克，趁我们不注意，朱仁杰悄悄地从丁余强书包里将书拿走了。本想第二天还给我们，可是到了第二天，我和丁余强根本没提这事，居然还打算继续隐瞒，他也就一不做二不休，索性将这书据为己有。朱仁杰告诉我，《赤脚医生手册》仍然在他家书橱的一个角落里放着，如果我还想要，他可以完璧归赵，将那本书还给我。

二〇一四年十一月二日　河西

江上明灯

一九七四年夏天,记忆中两件事都与电影有关。一是我母亲单位的年轻女演员李芳芳要去拍电影,一是父亲和王文斌一起写电影剧本《江上明灯》。李芳芳人长得漂亮,导演到剧团来挑女演员,一眼看上了她,立刻就选中。

王文斌家离我家不远,也可以算邻居。比我大五岁,小时候五岁差距很大,感觉比我要大得多。他的弟弟妹妹与我是同学,是一对双胞胎,姐姐李武斌与我同班,弟弟朱武斌在隔壁班。因为异性双胞,两人一点都不像,一高一矮一胖一瘦。我们只是奇怪为什么都叫"武斌",后来才明白一个跟母亲姓,一个跟父亲姓。他家成分不太好,父亲当过国民党反动军官,因此很穷,我们学校下乡劳动,朱武斌不肯去,理由是他哥王文斌回来探亲了,如果要去农村,带走被子铺盖,他哥没办法睡觉。

王文斌与父亲一起写电影剧本的缘由很简单,他在安徽农村插队,写了一个故事,被某位电影导演看中,鼓励他写电影。那时候,除了八个样板戏,能看到的电影非常少,新拍摄的国产片更少。看来看去几部外国电影,都是社会主义兄弟国家,朝鲜电影哭哭笑笑,越南电影飞机大炮,罗马尼亚电影搂搂抱抱,阿尔巴尼亚电影颠颠倒倒。很多老干部已复出,四届人大正准备召开,形势一片大好。王文斌基本上不明白电影剧本怎么写,无知便胆大,粗粗写了一稿,导演看了,说这不行,我帮你找几个人改改,于是找到了父亲。

除了父亲,还有个京剧团编剧老赵,有一段时间,经常在我家讨论电影剧本,剧本的名字叫《江上明灯》,我曾经看过油印的征求意见稿,封面上几个美术字很漂亮。俗套的英雄人物故事,情节简单拙劣。有一天刮大风,下暴雨,宽阔江面上的航标被吹走了,年迈的老支书为了过往航船安全,将小船划到江中间,手举航标灯为船只导航。

这样的故事要拍成电影,显然是个技术活。父亲很得意自己的编故事能力,觉得经过他加工和改造,故事变得越来越好看。首先老支书改了,改成年轻的美女书记,为什么李芳芳一下子被选中拍电影呢,还不是因为生得漂亮。其次，增加了阶级斗争元素，有好人，还必须有坏人，有了坏人才有戏剧冲突，才会好看。父亲的扬扬得意被母亲打断，她警告他不要忘乎所以，要提高警惕，一九五七年就是太自以为是，所以犯了错误，所以成了右派。母亲这么一说，父亲顿时不吭声。

母亲从内心深处讨厌老赵，趾高气扬地过来讨论剧本，总是在快吃中饭的时候。他倒一点不见外，该抽烟抽烟，该喝茶喝茶，饮酒吃饭，好像都是天经地义，都是应该的，不吃白不吃，不享受白不享受。谁让你们工资高，谁让你们高级知识分子。活该你们有钱，有钱就得"共产主义"。很快，王文斌也像老赵一样，烟酒茶样样都学会。习惯成为自然，仿佛只要是在我家讨论剧本，父亲就得乖乖地提供后勤保障。母亲背后跟父亲抱怨，说难怪人家看不起你们这些拿笔杆子的，一天到晚正经事干不了，就知道蹭吃蹭喝，这叫什么知识分子，有句形容一点都不错，你们这叫臭知识分子，够不要脸的。

我们家保姆也在背后抱怨，要临时加菜，一顿饭吃上几个小时，地上扔得到处都是烟头，浓痰吐在了痰盂边上。结论是父亲做人太窝囊，太好说话，人家明摆着拿他当冤大头，就算是一九五七年犯过错误，也不应该这么被人欺负。然而父亲觉得根本不算事，能工作就是最美好的，一个人只要能工作，能干与写作沾边的活，就证明人生还有那么点意义，说着说着，他又有些按捺不住得意：

"小王这个剧本，很单薄，非得是我给他出出主意才行。"

父亲最得意之处，原来故事中的阶级敌人乘小船去破坏航标，改成悄悄将拴木筏的铁链解开，让木筏顺流而下，把航标灯给撞走了。这样一改，坏人的故意破坏，也有个故意破坏的样子，感觉上要真实和自然。没想到恰恰是这改动，让事情变得不可收拾。《江上明灯》一度接近拍摄，剧本一层层送审，有位领导无意中看出问题，说航标灯不是普通玩意儿，它象征着伟大光荣正确的路线，航标没了，江上明灯没有了，说明什么呢，是不是有什么潜台词藏在里面。航标作为指路明灯被木筏带走了，木筏是木头捆在一起，很容易引起联想，双木成林，这木筏会不会与林彪有关，眼下正在批林批孔，这电影很可能会是一株为林彪翻案的大毒草。

一时间，大家变得有些恐慌，老赵赶紧撇清这情节与自己毫无关系，当初他就觉得不妥，隐隐地觉得不太好，曾提出过疑义，是父亲坚持认为这细节巧妙，认为这细节更真实。母亲又紧张又生气,他这一撇清,等于把父亲推到了风口浪尖。王文斌很委屈,说这不是明摆着不讲道理吗。母亲说你小伙子年轻,不知道写东西有多危险,很多事都是不讲道理,只要一上纲上线,问题就不得了,就会很严重,就犯错误。

父亲无话可说,眼睛瞪得多大,憋了半天,一开口便结巴:

"我们还——可以再改。"

"改什么呀,"母亲不耐烦地说,"算了,别改了。"

父亲不甘心,说:"蛮好的一个电影剧本,我们花了那么多时间。"

这事说过去也就过去了。反正电影是不拍了,王文斌又开始写小说,仍然还叫《江上明灯》,将原来的剧本改成长篇小说。

王文斌有个女朋友叫阿玉,第一次见到阿玉,是他将她带来我们家。说起来很荒唐,这位女朋友,其实是别人的未婚妻。阿玉与王文斌在同一个生产队插队,早已是名花有主,已经和当地大队书记的儿子订婚。因为都是南京知青,她喜欢看小说,尤其喜欢看外国小说,听说我们家有很多藏书,一定要让王文斌带她过来。

阿玉是个很漂亮的女孩，个子不高，人很白，小巧玲珑，头发有点棕黄，长得像外国人，大家给她起的一个绰号叫小洋人。我母亲对王文斌说，你这位女朋友很漂亮，王文斌乐呵呵不说话，阿玉十分大方地纠正，说我不是他的那种女朋友，我已经有男朋友了。她这么一说，王文斌立刻很尴尬，想笑，笑不出来，最后还是笑了。

阿玉说："你笑什么，我本来就是有男朋友嘛。"

王文斌说："我又没说你没有。"

父亲让王文斌抽烟，他连连摇手，说不抽烟不抽烟。父亲十分奇怪，说怎么戒烟了。王文斌说他原来就不抽烟，过去要抽，也是学着玩玩。然后就瞎聊天，一起吃饭，打开书橱借书。父亲不在乎别人来吃饭，怕别人跟他借书。很长一段时间，他的书概不外借，理由很简单，借口很充分，这些书都是大毒草，都是封资修的黑货。到了"文革"后期，大家悄悄地开始读书了，有点上进心的年轻人到处找书看，父亲虽然心痛，却找不到好的理由拒绝。

母亲便说我们家这位最怕别人借书，这是用刀子在割他的肉，有些话他不好意思说出口，我来帮他说，你小王今天带了女朋友过来，我们要给你这个面子，但不能多借，借两本，顶多三本，好借好还，再借不难，你们说是不是这个道理。王文斌看了看阿玉，阿玉说好吧，我们只借三本，看完了再过来换。

这以后，过几天阿玉就会来换书看，刚开始与王文斌一起来，再后来，常常独自一个人就来了，来了也简单，只是认认真真找书看。渐渐熟悉了，会跟母亲聊天，跟父亲谈谈看过的小说，跟我却没什么话说，大约觉得一个毛孩子，跟他没什么好说的。那年头，很多知青回家探亲，都会赖在家里不回去，阿玉家经济条件好，有哥哥有弟弟，就她一个宝贝女儿，能在家里多住一天是一天。

我们开始知道阿玉的未婚夫在部队里当兵，是工程兵，已经入党了，很快要复员，一复员就准备结婚。知道王文斌曾经追过她，事实上直到现在，仍然还没死心，还在死皮赖脸地追求。知道阿玉对王文斌也动过心，她其实挺喜欢他的。知道阿玉母亲嫌王文斌家成分不好，嫌他家太穷。还知道王文斌第一次是怎么去阿玉家的，这可是一个非常有趣的故事。

有一年他们相约一起回南京过春节，在途中，王文斌嬉皮笑脸，说新年里我能不能去你们家拜个年，见见你父母。阿玉很大方,说你要来只管来,我们欢迎,不过我们家人不好客,很夹生的,他们要是对你不客气,我也没办法。当时是在长江的轮船上,从安徽回南京,都是坐船。图便宜,睡大统舱,人很多,船舱角落里有个痰盂,是有机玻璃的,看上去很脏,不过在当时,也算是一种很新的款式。王文斌目不转睛地盯着那个痰盂,说我去你们家,总不能空着手吧。阿玉笑了,当然是空着手,我跟你就是普通朋友关系,你去我们家玩,干吗还要带东西呢。

两人聊着天,说东说西,王文斌突然起身,当着阿玉的面,径直走过去,将那痰盂端起来,看了看,拿到盥洗室,很认真地将上面痰渍洗掉。恰好水池边上有一小块用剩下的肥皂,反反复复一遍遍洗干净,然后众目睽睽之下,又将痰盂拿回船舱,放回原处。阿玉很吃惊,说怎么成了做好人好事的雷锋。王文斌笑而不语,若无其事,不光阿玉吃惊,一船舱的人都觉得奇怪,都看着他。中国人有随地吐痰的坏习惯,在公共场所,谁也不会认认真真地往痰盂里吐痰,现在洗干净了,看上去像是一个没使用过的新痰盂,更没人往里吐。快下船,王文斌从旅行包里拿出几张旧报纸,很细心地将痰盂一层层包上,包裹严实了,又腾出一个网线袋,将包装好的痰盂放进去,然后像拎着一个篮球那样,大大方方大模大样地下船了。

更为精彩的部分还在后面,正月初二那天,王文斌到阿玉家做客,所带的见面礼物,竟然就是这个痰盂。我们听了目瞪口呆,不敢想象,阿玉说她也觉得难以想象,怎么可以这样呢,怎么可以在那么多人的眼皮底下,就这么肆无忌惮将公家财物据为己有。

"这玩意儿我们家现在还用着呢,我妈挺喜欢这个痰盂,"阿玉重提此事,仍然哭笑不得,"其实他完全可以空着手来,我妈又不明白怎么回事,我也不能把实话说出来。"

母亲觉得很好笑:"想不到老实巴交的小王,竟敢做出这种事来。"

阿玉说:"我也批评过他,你们知道他怎么说,他说人穷志短,没钱又要想讨好你们家人,迫不得已,只能出此下策了。"

父亲说:"这话不对,人可以穷,不应该志短。"

母亲倒是愿意理解,说:"也不容易,这说明小王为了你,什么事都敢去做。"

"其实我不愿意跟他,不是为了他穷,也不在乎他家庭成分不好,说老实话,我们家人也不是真在乎,主要是不赞成他写东西，"阿玉突然脸蛋通红，叹起气来，十分无奈地说，"我爸我妈都觉得写东西太危险，都觉得这行当不好，不安全，而且他写的那些东西，一点都不好看。"

阿玉这番话，母亲深表赞同，意味深长地看了父亲一眼，父亲被她看得很不好意思，信心全无，觉得这话是在说自己，简直就是冲着他去的。

阿玉的未婚夫李福全是回乡知青，在县城读中学，毕业回家，户口本来就农村。与李福全不一样，阿玉这个回乡知青从小生长在南京，是城市户口，她父亲从这出去，所以又回老家插队。

王文斌跟他们都不一样，与此地毫无牵连，他家世世代代城里人，地地道道老南京，来这安家落户，完全是被学校分配，所在中学安排的知青点就在这里。刚开始，外来知青总是被当地人欺负，很快颠倒过来。光脚的不怕穿鞋的，年轻人学好不容易，学坏不用教，偷吃扒拿打架斗殴，样样都干，什么都敢。两年以后，其他人都转走了，知青点只剩下王文斌一个人。

王文斌与阿玉和李福全一直挺要好，他们的关系错综复杂，都是因为参加宣传队才熟悉。有一段时间，王文斌与李福全是最好的朋友，两个人很谈得来，有共同理想，都想靠自己努力，把社会主义新农村建设好，想过要建水库，想过要修山路，不久就明白这些根本行不通。

穷不可怕，关键是没希望。王文斌自小家庭经济条件不好，为养活几个小孩，母亲不止一次偷偷去卖血。都说卖血伤身，他母亲身体一直不错，父亲身体也没多大问题，戴着一顶历史反革命帽子，逆来能够顺受，活得也还算乐观。受家庭成分影响，上大学、当兵、招工，这些好事王文斌想都不想。当知青反正落到了底层，不可能再糟糕。破罐子破摔，王文斌发现自己想干啥，就可以干啥，轮船上偷个公家痰盂又算什么事。

王文斌和李福全不知不觉中成为情敌，突然发现对方与自己一样，都在暗暗地喜欢阿玉，而阿玉呢，也很喜欢他们。耐人寻味的是在一开始，王文斌和李福全羞答答地都不愿意承认喜欢，那年头，恋爱是见不得人的小资情调，要在心里酝酿很久才敢说出来。阿玉也不确定她究竟喜欢谁，与王文斌在一起，更在乎李福全，真跟李订了婚，又好像又有点喜欢王文斌。

大队里轮到一个大学名额，李福全那时候还没与阿玉订婚，开诚布公地跟王文斌谈话，打算把名额让给阿玉。他这么说自然有理由，李福全父亲是大队书记，想让谁去就是谁去。最后阿玉也没上成大学，推荐是推荐了，不知道什么原因又被取消，好端端一个名额被浪费。有一种传闻，大队书记知道儿子已看中阿玉，因此不想放她走。这以后不久，李福全和阿玉订婚，又过不久，部队来招兵，李福全便入伍了。

王文斌与李福全从没红过脸，过去是好哥们；和阿玉订了婚，仍然还是好朋友。李福全到了部队，给王文斌写信，希望他能帮自己照顾好阿玉，王文斌不知道如何回答，心里免不了有些怨恨，好事都被李福全一个人占了。晚上翻来覆去睡不着，越想越不高兴，越想越窝囊。本来只是暗暗喜欢阿玉，现在除了仍然喜欢，又多了一层惹是生非之心。那年头还不流行第三者这个词，王文斌突然下决心要豁出去，要在李福全和阿玉之间插上一脚。

于是一方面，若无其事跟李福全通信，另一方面，干脆直截了当地追求阿玉。在农村，男女之间的公开调情十分常见，找不着老婆的光棍，嫁了人的泼辣媳妇，说起那方面话都十分露骨。王文斌说不了下流话，他很大胆地对阿玉表白，说自己喜欢她。

阿玉说:"我没和李福全订婚的时候,你为什么不吭声?"

"我觉得自己配不上你。"

阿玉笑了:"现在难道就能配上了?"

阿玉是句玩笑话,王文斌自尊心很受伤,准备好的台词也说不出口,他原来想说我们更般配,我们更志同道合。阿玉说你不是李福全的好朋友吗,既然好朋友,怎么可以挖他的墙脚。王文斌最不愿意听这句话,冷笑说要挖墙脚,也是他李福全先挖我的墙脚。阿玉说你这个人不讲道理,凭什么说是人家先挖你墙脚呢。

王文斌说:"不管是不是,反正我觉得是这样。"

《江上明灯》的故事完全胡编乱造,躺床上睡不着,透过纸糊窗户的破洞,王文斌仰望天上的星星。天上星星很多,不知怎么的,他想到茫茫黑夜的江面,想到刚下乡第一次坐船。那时候,他们生机勃勃,看什么都觉得新鲜。坐在甲板上看风景,四处一片漆黑,除了远远的航标灯,隐隐约约一个小红点,渐渐近了,渐渐又远了。王文斌寂寞时,觉得人生就像江面上那些漂浮的航标,阿玉就是个航标,他王文斌也是个航标。为什么要写《江上明灯》这个故事呢,说出来理由很不充分,阿玉说她的童年理想,长大想写文章当作家,或许因为这个，王文斌也决定写点什么，仿佛中学生写作文那样。他曾在报纸上看过一则报道，介绍守岛战士如何护卫航标灯，尽管从未见过真正的大海，王文斌很巧妙地把守岛卫兵事迹，移植到自己的故事中。最初发表在报纸上那篇稿子，事实上也是编辑帮他加工过的。

没想到能在报纸上发表，更没想到还会有导演看中。要拍电影这事，改变了王文斌的生活轨迹。大家开始刮目相看，去大队部开证明，李福全的爹亲自加盖图章，说我儿子觉得你是个人才，看来没说错，你还真是个人才，要拍电影，这真他妈的了不得。

印象中的王文斌，始终停留在一九七四年的夏秋之际。那一段日子，是他人生中最风光的岁月。很多细节其实我从来没搞清楚，只知道他一直处在借调状态。这一年，王文斌二十二岁，作为一名知青，人生最大目标，是赖在南京不回去，是想尽快离开自己插队的地方。

《江上明灯》的电影肯定是不拍了，他又被出版社看中。一个人运气好，拦都拦不住，出版社开始重建，迫切需要合适的选题。有一段日子，王文斌殚精竭虑，努力要让自己手头这部小说，贴近火热的现实生活，要和轰轰烈烈的批林批孔结合起来，小说中反面人物也改成了姓孔，成为孔子后裔。

为了能让这本书顺利出版，王文斌觉得怎么修改都行。他知道只要能出版，就可以如愿以偿地调回南京。直到粉碎"四人帮"前夕，小说才最后定稿，一校出了，二校也出了，三校过后，终于付印出版。拿到样书第二天，他火烧火燎地赶往阿玉家，想让她先睹为快，没想到阿玉已在前一天返乡，结果最先看到样书的，反倒是不赞成他写东西的阿玉父母。

王文斌马不停蹄，赶往自己插队的乡村。阿玉看到这本书，也是心生无限羡慕，比他还要激动。毕竟是一本活生生的书，在那个荒漠年代，能出版这样一本充满了墨香的小说，真的很了不起，太引人注目。世上的事情都是相对，六七十年代文化跌落到底层，可是人们内心深处对文化的热爱，对文化的敬重，并不是那么轻易就能抹去。

"阿玉，你要知道，"王文斌很认真地看着她，脉脉含情地说，"我是为了你，才会写这样一本书，你不知道，写这样一本书多不容易。"

阿玉不知道说什么好，她看着王文斌，有些感动，有些激动，不知道说什么才好。她告诉他李福全已经转业，再过两天，他就要回来了。

王文斌说："我真希望能像那些外国人一样，在书的扉页印上一行字，写上'献给某某'的字样，这本书就应该献给你。"

两人一起到小镇上去下馆子，喝了点小酒，王文斌唠唠叨叨，说了很多近乎挑逗的话。阿玉让他别说了，老说这些没意思，王文斌红着脸，说许多事情我不能做，我没胆子做，你让人说说还不行，我就这么说了，就让我嘴上过过瘾，又能怎么样。酒越喝越多，阿玉的脸越来越红，王文斌反倒越喝越冷静，好像借着喝酒，已经把要说的话，都说完了。从镇上回去，又到了阿玉住处，王文斌说，今天能不能就住在这儿，怎么样，我不走了。阿玉想了想，说好吧，你就住这儿。

天说黑就黑，点上了油灯，两人继续说话。远远传来一阵阵狗吠，渐渐地，灯盏里已经没油，阿玉起身加油，一不小心，灯就灭了。王文斌赶紧去摸索火柴，就在这时候，阿玉就势倒在了他身上。王文斌也趁黑搂住她，真搂住她了，阿玉又作势挣扎，说你不能这样，不能这样。事已如此，王文斌不打算再放弃，既然已经这样，就干脆豁出去，一不做二不休。阿玉挣扎了一会儿，说再过两天，李福全就回来了。阿玉又说，我可以跟你走，你真想要我，如果你真的想要，我们就一起离开这里，永远不再回来。王文斌被她的话吓得一怔，惊住了，不知道说什么好。这本是他最想听到的一句话，真正听到以后，又有些犹豫了。阿玉感觉到他的犹豫，说你怕了，我知道你会害怕。

王文斌说："我怕什么。"

阿玉说："你当然是害怕。"

接下来，两个人都不说话，黑暗中搂抱在一起。就这么过了一段时间，阿玉突然非常主动地亲了他一下，他也赶紧回应。一来一去，有些手忙脚乱，有些不可收拾。王文斌开始在阿玉身上胡乱摸索，她不停地打他的手，将他的手一次次拿开。有些事可以无师自通，王文斌不再犹豫，一时间，他想到黑暗江面上的航标灯，那红红的一点，隐隐地，远远地，近了，又远了。王文斌必须抓住这次机会，阿玉似乎已失去了抵抗力，他已经完全控制局面。终于到最后关口，王文斌跃马扬鞭，眼看着就要得逞，阿玉很坚定地阻止了，用毫无商量的口吻说：

"不，不行，王文斌，不能这么做。"

热血沸腾的王文斌仿佛被迎面泼了一盆冷水。

阿玉说："我们不能这样。"

两天以后,李福全回来了。王文斌与阿玉一起去县城迎接,接到他以后,三个人一起去李家。李家早已备好了酒菜,大家高高兴兴喝酒,说话聊天,说李福全部队上的事,谈王文斌的那本新书。李福全父亲说,今天这顿酒喝得好,又为我儿子接了风,又正好给你小王送行,真是一举两得,我琢磨着,你这一走,鳌鱼脱却金钩去,怕是再也不会回来了。

李福全说:"人都往高处走,人家当然不会再回来,文斌干吗还会回来呢。"

王文斌许诺,李福全与阿玉结婚那天,会赶回去喝他们的喜酒,真到日子,却找个借口逃避了。大家都说这本书可以改变命运,事实也是,不久王文斌就接到回城的调令。对于无数知青来说,这是件很大的事,但是很快又证明没什么大不了。接下来,所有知青都回城,只要你想回去,都可以回。"文革"结束了,历史开始进入新时期,王文斌的好运说到头就到头,那本《江上明灯》成为反面典型。

有一段日子,王文斌成了臭名昭著的"三种人",被办学习班隔离审查。关押的日子里,百无聊赖,他一遍遍地回想往事,想到那段没有结果的爱情,为阿玉感到庆幸。幸好没弄假成真,当年阿玉母亲不愿意女儿嫁给他，不愿意自己女儿嫁给一个写东西的人，这样的看法显然是有道理。

王文斌没像七十年代后期许多写作者那样，成为新时期文学的第一拨成名作家。虽然后来他也写过，根据创作《江上明灯》的这段经历，写了一部中篇，发表在文学刊物上，产生过一点影响，然后和写作就再也没有瓜葛。

大约是一九八五年，我正在读研究生，一个偶然机会，读到了王文斌的那部自传体小说。一开始，还不敢确定这人，是不是当年与父亲一起写电影剧本的那个王文斌，翻翻小说内容，立刻可以断定，他就是那个家伙。老实说，这篇小说仍然不怎么样，然而读上去很真实，起码是让你觉得真实，一点不比当时很流行的名家作品差。

因为这篇小说，我了解到许多不知道的细节。譬如王文斌被隔离审查，李福全夫妇曾到南京看望过他，安慰他鼓励他，他们仍然是很要好的朋友。又譬如，在与阿玉单独相对的那个漆黑夜晚，该发生的，不该发生的，都发生了，或者说差一点要发生。双方的内心深处，都情不自禁，都犹豫不决。王文斌不得不承认，他对阿玉投怀送抱的动机产生过怀疑,吃不准她是爱他,还是爱那本新出版的小说。很显然,阿玉从冲动到冷静,在最后一刻悬崖勒马,也是因为心存疑虑。她一定会想到王文斌这样的男人靠不住,不能这么轻易地就将自己的一辈子托付给他。

这以后,又过了二十多年,我一直在想,王文斌会不会又写了什么东西。由于自己已经成了作家,总觉得会在文学圈子里与他相遇。有一次参加苏南某城市的市民讲座,讲座结束在过道上,一个看上去完全陌生的男人将我拦住,用地道的南京话提问,问我还能不能记得当年有个人与他父亲一起写过电影剧本,他的话刚说完,我立刻明白他就是王文斌。

眼前的这个人就是王文斌。

王文斌说:"当年我经常去你家,那时候,你好像中学还没毕业。"

王文斌又说:"没想到你成了作家,没想到你比你父亲还强。"

在过道上,我们抓紧时间聊了一会儿。我提到他写的那部中篇,王文斌告诉我,除了这篇小说,再也没有发表过任何文字。这些年来的日子,过得非常一般,现如今世界上最倒霉的一茬人,就是他们这一代,年轻时上山下乡，好不容易回城，好不容易进工厂当工人，结婚生子，然后离职下岗。最糟糕的那些事，似乎都让他们给轮到了，他告诉我，因为一个熟人的介绍，眼下正在这里打工，这个城市对王文斌来说完全是陌生的。

已订好回程票，和王文斌不可能聊很长时间，说了一会儿，匆匆告辞。很多话刚开头，就结束了。我很想知道他当年的朋友李福全情况，王文斌说已很久不联系，说这家伙早就是富翁。李福全是一家私营企业老板，据说规模很大，儿子大学毕业，正准备回去接班。王文斌当年插队落户的农村，依然很穷，先富起来的还是那些手上有权的干部。有些人是富了，可是，能富起来的毕竟还是少数。打听阿玉的消息，王文斌迟疑了一下，很尴尬地笑了，笑了一会儿，说李福全现在这么有钱，肯定差不了。他说这年头只要有钱，俗话说得好，有钱能使鬼推磨，人家都成了大款，是大老板，还有什么好说的。

二〇一五年八月二十五日　北戴河

滞留于屋檐的雨滴

　　一九七八年十二月,首都北京正在召开很重要的三中全会,陆少林的父亲在南京一家医院过世了。对于父亲的离开,陆少林有心理准备,医生跟他谈过。父亲也坦然地说过这事,安慰他,让他不要太难过,让他抓紧时间复习功课,准备再一次参加高考,并祝愿他这次一定会考好。父子间的感情非常好,可以说特别好,陆少林心里难受,流了好几次眼泪,对即将要出现的状况不敢多想,又不能不想。该发生的事终于发生,父亲进入弥留状态,他紧紧捏着父亲的手,渐渐意识到它像黑色的冰块一样,越来越凉越来越黑暗。为什么父亲的手会像黑色冰块,他一时想不明白,这念头在脑海里一闪而过。护士们正在忙乱,母亲和姐姐在帮死者换衣服,然后往太平间里送。

　　谁也没有号啕大哭,母亲没有,姐姐没有,陆少林也没有。母亲与父亲的关系不是很融洽,姐姐和父亲的关系也不是很融洽，陆少林心里悲伤，非常想哇啦啦哭上一场，母亲和姐姐的冷漠，让他感到为难，只能一边推车，一边静静地流眼泪。太平间管理员显然习惯这样的场面，从一大串钥匙中，找到那把打开太平间的钥匙，将铁门打开，让他们把放着父亲尸体的推车推进去，说搁在墙角就行，接下来填写单子，约好送火葬场时间，什么规格，花多少钱，怎么样怎么样，所有这一切都是陆少林母亲在操办。

父亲去世那天，是陆少林一生中最伤心的一天。这一天，不仅父亲永远离开了，晚上的家庭谈话中，母亲当着姐姐面，说出一个非常惊人的消息。她十分平静，告诉陆少林姐弟，这个刚死去的男人，并不是陆少林的亲生父亲。再也没有什么消息，比这更能打击人，更能折磨人，二十岁的陆少林看着目瞪口呆的姐姐，仿佛让人用生硬的木棍在脑袋上狠狠砸了一下。

姐姐木木地看着母亲，有些想不明白，父亲生前明显偏爱陆少林，她觉得姐弟两人之中，如果有一个不是亲生的，也应该是她。

过去一年中，停止多年的高考恢复了，陆少林参加过两次高考，都失利了。第一次是七七级考试，进入了复试，没取。第二次是78级考试，差三分，又没取。说起来很巧，两次考试我都参加了，我们一起报名，一起复习，又走进同一个考场。

陆少林住的地方离我家不远，我们都不是应届生，高考恢复，我已经当了四年工人。他跟我同一届，是一家小饭馆的服务员。我们关系变得密切，与准备参加高考有很大关系，在同一所夜校复习，找了相同的辅导老师，背一样的复习材料。当然也还有一个原因，他母亲与我母亲是同事，虽然不在家属大院住，却经常会到这里来玩。

陆少林父亲逝世不久，我们有过一次难忘的谈话。记得是放寒假前夕，剩下最后一门马克思主义哲学还没考，他突然到学校来找我，告诉我父亲去世了，心里很不痛快，很忧伤，非常想找个人聊聊，说说话。我告诉他明天还有一门考试，他看我有些为难，便不说话。我不忍心，也不好意思，说你既然来了，那就聊聊吧，反正考试都是临时抱佛脚，老师蒙我们，我们再蒙老师，大家都不知道自己在说什么。

陆少林说，其实也没多少话要说，只是想告诉你，我爸爸死了。

隔了很多年，都不能忘了他说这话时的表情，显得很冷淡，一点都不悲伤。不明白为什么要专门跑来跟我说这个，我们坐在学校的某个角落，他从口袋里摸出一包香烟，明知道我不抽烟，还递了一根给我，自己再取一根，然后大家一起抽，什么话也不说。很快烟抽完了，他说你去复习功课吧，我们以后再聊。嘴上这么说，还是聊了一个多小时。这一个多小时，我略有些心不在焉，忘不了明天还要考马哲。对于他的谈话，能记住的无非一些要点，他告诉我，过去一直不知道，直到父亲死了，母亲才告诉他，这个男人与他根本没有血缘关系。

陆少林告诉我，父亲死了，两件事让他耿耿于怀。一是小时候尿床，母亲和姐姐讥笑他，威胁要告诉老师，要让所有同学都知道。陆少林说他非常担心，觉得太丢人，一想到就害怕，晚上不敢睡觉，怕睡着了又尿床。为他解开心病的是父亲，他告诉陆少林尿床根本不算什么事，说你姐姐也尿过床，你妈妈又不是不知道，反正爸爸小时候不仅尿床，还在床上拉过屎呢。陆少林说他听到这么说，立刻释怀了。

第二件事是，到了青春期，陆少林开始梦遗。他不知道该怎么办，跟当初尿床一样，很害怕，很难为情。母亲知道了，第一时间告诉姐姐，母女俩一阵讥笑,说不学好,说不要脸。说你以后还这样,自己去洗短裤,脏死了,没人会帮你洗。姐姐比他大五岁,印象中,除了欺负他,没什么可圈可点。陆少林再碰到这样的事,偷偷把短裤洗了,再把湿短裤穿身上焐干。他不知道所有男孩都会这样,终于有一天,父亲告诉他梦遗比尿床更常见,说过去的男孩子,比他再大一点,都可以娶媳妇了。

说老实话,不明白陆少林为什么要跑来诉说这些。他自顾自说着,重重地叹一口气,沉默了一会儿,说本来准备在我面前大哭一场,现在突然不想哭了,心里有些话,说出来,也就痛快了。看不出他有什么痛快,我看到的只是他的悲哀,是他所经历的双重打击。一个这么好的父亲不在了,这个人还不是他的亲生父亲。第二天考马哲,我情不自禁地会走神,总是想起陆少林,想起他说过的话。戴着老花镜的监考老师十分仁慈,从头到尾都在看报纸,说是闭卷考试,遇上答不出来的题目,大家也就不客气,悄悄把书拿出来,互相讨论和转告,应该抄哪一段。

陆少林又考了一次大学,还是没考上。他有些绝望,不明白为什么总是考不上。确实冤枉,当初一起复习，他成绩一向都比我好，尤其是数学。文章也写得漂亮，在夜校上补习班，他的命题作文不止一次被辅导老师拿出来当作范文。

又过一年，他成了电大学生。因为不脱产，还得上班，觉得这个电大生没意思，干脆不想毕业，没拿到文凭。那年头，年轻人除了考上大学，很少换工作。陆少林在一家集体所有制的小饭馆当厨师，突然开始对书法产生兴趣，天天临字帖，迷上了制作砚台，弄了一些石头，自己加工。有一段时间，常到我所在的学校来蹭课，旁听古代文学史和古汉语。说句老实话，他的古典文学和古汉语水平比我高出许多。

有机会便在一起聊天，他最喜欢说父亲的故事。陆少林告诉我，养父死了以后，他一直在想，为什么这个人会对自己那么好。印象中，姐姐总在抱怨父亲重男轻女，姐弟感情不好，很重要一个原因，是姐姐觉得父亲偏心。陆少林的养父是一所中专学校老师，教什么也不清楚，反正是与无线电发报机有点关系。"文化大革命"中被打成国民党特务，造反派在一张穿国民党军服的集体照上，看到了他。陆少林告诉我，他确实参加过国民党。

陆少林的养父也曾经是名解放军，参加过抗美援朝,加入了共产党,受过伤,他家墙上挂着一张穿志愿军军服的照片。对于这个父亲,陆少林有很多不能明白的地方,为什么不太喜欢自己的亲生女儿,为什么会原谅妻子的出轨。最后只能得出一个比较荒唐的结论,就是他对陆少林好,只是为了讨好母亲。

"你不知道他对我母亲有多好,那种好,你真的没办法想象。"

一说起养父对母亲的好,对她的百依百顺,陆少林忍不住唉声叹气。小时候,母亲的一位朋友老梁,经常到他家来串门,有一次,无意中撞见母亲与老梁搂抱在一起。一时间也不知道是怎么回事,母亲大声呵斥,让他到外面去玩,让他赶快出去。陆少林不明白她为什么会那么生气,不明白为什么只要养父不在家,这个叫老梁的男人就会过来。有时候养父在家,那个男人也会来,大家有说有笑,一团和气。

陆少林小时候曾听人背后议论,说养父真是好性子,气量也太大,绿帽子一顶又一顶戴,都能够凑成一个班。因为是小孩子,不知道什么叫绿帽子。养父死了以后,有一段时间,一直觉得老梁就是他的生身父亲。对着镜子琢磨,越看,也觉得自己像老梁。姐姐出嫁后,与母亲越来越不融洽,与弟弟关系反而有很大改善。过去并不知道与弟弟同母异父，对父亲始终有怨恨，父亲不在了，她觉得自己很同情父亲，觉得父亲挺无私的。

姐姐结婚不久，又有了一段新恋情，闹得风风雨雨，声名狼藉，最后不了了之。她跟弟弟检讨，说自己性格有问题，女儿像妈，坏毛病可以遗传，她真是对不住陆少林的姐夫。陆少林借此机会打听，问还记不记得那个叫老梁的男人，姐姐便笑，说我怎么会不记得，我太记得了。

"这个人会不会是我的亲爹呢？"

"当然不是。"

"你怎么知道当然不是？"

姐姐告诉他，父亲死后，有个男人来过，就是陆少林的生身父亲。提出来要见一见陆少林，结果母亲一顿臭骂，把他赶走了。陆少林听了很激动，连忙问那男人长什么模样，现在什么地方。姐姐说她也只是匆匆看了一眼，当时并不知道是谁，这个人离开后，才听母亲嘀咕了几句，好像是在新疆什么地方，年纪也不小了，五官跟陆少林很像，个子看上去蛮高的，似乎要比他还高一些。

陆少林找了个机会，直截了当询问母亲，问自己生身父亲的情况。母亲大怒，说我这辈子最记恨两个男人，一个是你这爸，明知道你不是他亲生的，非还要做出不在乎的样子，你以为他是真对你好，狗屁，他为什么要对你好，无非是想让我难堪，让我觉得亏欠他，让我抬不起头来。母亲最恨的另一个男人，是陆少林的生身父亲，她说这个没良心的狗东西，只要我还剩一口气，他就别想见到你，你也不许找他，绝对不允许，如果敢去找他，我立刻就死给你看，我立刻找一根绳子吊死，你信不信。

陆少林后来与一位女同事好上了，这个女人比他大好几岁。刚知道这消息，我也有些吃惊，因为在他干活的小饭馆见过。是个端盘子的女服务员，眼睛细细的，看起人来，总会让你觉得她是在琢磨什么事，好像你们过去就认识一样。皮肤很白，个子不高，已经结了婚，有一儿一女。

陆少林也不回避与她的关系，问他是来真的，还是闹着玩。他的回答是无所谓，真也行，假也可以，完全看对方态度。他的所作所为完全是被动的，全看女方心情，女方说要离婚跟他，他说行，那你就离吧。女方又改口，说我们的事还是就这样吧，我不想离了，大家混一天是一天。陆少林说，好吧，那就混一天是一天。女的很生气，跟他吵跟他闹，结果分了合，合了又分，分分合合，始终藕断丝连。

那段日子，陆少林住的地方离我很近，一处沿街的老房子。我经常去聊天，有时候，那女的也在。房间不大，一张小钢丝床，一张很大的工作台，拉了几根细绳子，上面荡着很多木头夹子，用来挂他写的篆字。他迷上了刻图章，喜欢在砚台上刻字，那些字都很难认。桌上一本《说文解字》还是跟我借的，借了也不还了。就是那段时间，那女人离婚了，他们同居过一段日子，十分平静地分手。陆少林告诉我，她爷爷解放前夕去了台湾地区，后来又去了美国，是个有身份地位的人物，多少年没联系，改革开放，重新接上头。老人家说走就走了，留下一大笔遗产，大家分。

和陆少林一起聊天，还是喜欢谈他养父。他觉得我应该写篇小说，说这个人看上去没什么故事，其实全是故事。他说的那些细节，举的那些例子，别人眼里也许稀松平常，可是在他看来，都有着特殊意义。说着说着，眼泪流了下来，说自己挺对不住他，说他若在，看见现在这样，看见儿子这么不争气，肯定会很伤心。陆少林说养父生前的最大愿望，就是希望儿子能考上大学。如果养父还在，就算是为了他，陆少林也一定会考上大学。

"我知道上大学不是什么事，不过为了他，我肯定要上大学。"

陆少林工作的小饭馆因为沿街，要拆迁，说拆就拆了，他成为最早下岗的一批职工。形势发展谁都想象不到，下岗就是失业，陆少林觉得上不上大学不是什么事，没想到还真不一样。一纸大学文凭本来是块遮羞布，不想却成了一道护身符。这以后，陆少林开过小馆子，干过保安，当过营业员，没一项活儿做得长久。再后来，隐身在郊区的一间空厂房里，专心制作砚台。

我案头的一块砚台，就是陆少林做的，石料和刻工非常讲究。好东西需要遇到懂行的专家，有一天，一位著名书法家到我家做客，看见那方砚台，爱不释手，说自己收藏了许多名贵的砚台，我的这一块十分了得，非常了不起。一定要拜访陆少林，于是就带着他去了，见面以后，用一个很难让人拒绝的价格，跟陆少林订了十块砚台。现在的书法家都太有钱，钱对他们根本不是什么事。

藏身在偏僻郊区的陆少林，成了一位隐士。他在保姆市场找了个安徽妇女,照顾自己生活。也是小眼睛,白皮肤,陆少林说他就喜欢眼睛小皮肤白的女人,看着顺眼,看着很含蓄。住的地方有些简陋,养了一条草狗,一个小车间,堆了许多石料,到处都是粉尘。说起来手工制作砚台,还是得用机器,真要干活,噪声非常大。

当年的那位相好去找过陆少林,她又结婚了,与一个做生意的大老板走到一起。现在钱更多,是个标准富婆,在他那盘桓了半个月,旧梦重温。陆少林与她说笑话,问自己雇的这位安徽保姆,是不是跟她有几分相似。话让人很不高兴,怎么能拿她与一个来自乡下的保姆相比呢。陆少林后来说起这事很得意,两个女人为了他争风吃醋,都在背后说对方不是,非常有趣,很好玩。你看不上安徽保姆,人家安徽保姆也看不上你,说她卸了妆,难看死了,像个老妖婆。

陆少林后来又送了一方砚台给我,当初领着著名书法家去见他,人家看中这块砚台,出很高的价,他都没肯卖。我不好意思接受,陆少林说这砚台没你想得那么值钱,你就算是代我保管吧。他已经不再做砚台,根本没人愿意买,识货的人实在太少,靠做这玩意儿维持不了生活。郊区也在大拆迁，小车间已不复存在，一个台湾人用非常低廉的白菜价，将他这些年来制作的砚台全部打包收购。他如今是在停车场上班，做夜班，陆少林告诉我，自己更喜欢做夜班。夜深人静，停车场的小汽车一辆辆躺在那儿，仿佛一口口棺材，尤其是那些黑色的高档轿车更像。让人感到哭笑不得的是陆少林竟然提出要拜我为师，说自己正在考虑是否要学习写小说。

陆少林说："我想来想去，还是想把父亲的故事写出来。"

不知道他说的是哪个父亲，是养父，还是从未见过面的生父。陆少林经常提起他们，最初是养父多一些，后来说得更多的是生身父亲。往事如烟，父爱如山，虚虚实实的幻想，真真假假的梦境，当然都只是随口说说，从来也没真正地动过笔。母亲快死了，临终前，陆少林又一次追问，她说早跟你说过，死也不会告诉你的，现在都要咽气了，你以为我会改变主意，你就不要做梦吧。

陆少林的母亲叫吕慕贞，她死了，寻找生父的希望更加渺茫。做砚台的那些年，陆少林去过很多次新疆，一方面，为了找可加工的石料，另一方面，也是希望能有生父的消息。当然是没有一点消息,不可能有消息。排空驭气奔如电,升天入地求之遍,为了能够获得生父的线索,陆少林做过许多努力,他曾设想在新疆的报纸上登一则广告,上面写着"吕慕贞的儿子寻找生身父亲",除了能提供母亲的名字,他想不出还有什么有价值的信息。陆少林幻想自己在新疆出了车祸,确实也有过一次相当危险的翻车,他的生父见到报道,专程赶来跟他见面。或者是得了某种不治之症,生父获得消息立刻赶过来,自己早已离开人世。陆少林很认真地跟我讨论,能不能将他寻父的故事发表在《读者》上面,因为知道这是一份发行量非常大的刊物。

陆少林甚至跟我描述过这样一个虚拟场景,他离开了人世,怎么离开不重要,反正是死了,命丧黄泉。他的生父千里迢迢赶来南京,约我在一家茶馆见面,向我表达了此生未能见到儿子的遗憾。他让我说说那个从未见过面的儿子,说说儿子生前的故事,说说儿子的养父,说说儿子的母亲,说说儿子对生父的思念。茶馆外面下着雨,下下停停,一会儿大一会儿小,屋檐上滞留着雨滴。陆少林的生父白发苍苍,俯首侧耳倾听,突然老泪纵横,哽咽着,一句话也说不出来。

许多乐器,不在尘世演奏已久。不明白陆少林为什么要在这虚拟场景中,让我去扮演这样一个角色。为什么那些故人故事,临了还要让我来为他叙说。

陆少林不是小说家,他不写小说。

二〇一七年一月二十三日　河西

布影寒流

1

一九七六年九月九日,毛主席他老人家离世了,厂里专门抽调几个人去布置灵堂。喊宋国佳去,他压低了嗓子,说我才不去呢,我要磨刀子。庄师傅就教训他,说小宋你不要胡说八道,不去就不去,磨什么刀子。庄师傅问他磨刀子干什么,宋国佳冷笑,说还能干什么,磨刀子杀人,我要捅彭伟一刀,我要让他白刀子进,红刀子出。

那段时间,全厂都知道宋国佳要捅彭伟一刀。事闹得有点大,庄师傅是车间主任,宋是徒弟,师傅劝不住徒弟,便向厂长汇报,让张厂长过来说服。张厂长来了,还没开口,宋国佳说你少废话,我师傅说我都不听,我会听你的。张厂长说,小宋,你不能总是要横,总是蛮不讲理,人要讲道理。宋国佳说你给我死走,没你的×事,随你说什么,我都饶不了他。说着打开身边工具箱,给张厂长展示刚磨好的三角刮刀,在空中挥舞了两下。庄师傅从后面绕过去,一把夺过刮刀,很生气地说,知道不知道这刀有多厉害。

宋国佳说怎么不知道,我都用麻袋试过了,装上一麻袋煤,一刀下去,乖乖隆里咚,一直捅到底,差点连刀把子都戳进去。张厂长听了哭笑不得,说你这什么意思,真想杀人,活腻了是不是。进行这番对话的时候,我就在旁边站着。我们是一个车间的,都是搞维修的钳工。庄师傅和张厂长带着三角刮刀离开,宋国佳微笑着对我说,不就是一把刮刀吗,再做一把就是。我觉得不可思议,说宋师傅你真要杀人啊。宋国佳说杀什么人,也就捅他一刀,又不真弄死他。

说起来,宋国佳是我师兄,比我整整大十岁。按照厂里规矩,新进厂徒工,对已满师的工人,一律喊师傅。不止工厂这样,社会上也流行,称呼什么人都喊师傅。我进厂已一年多,宋国佳刚解除隔离审查,回到厂里上班不过三个月。在这小厂,他也算是大名鼎鼎,早在回来上班前,就听说过许多他的段子。

宋国佳是"十八棵青松"之一,我们厂是集体所有制,一九七〇年曙光机械厂派了十八个工人过来,曙光厂是国营大厂,这十八个人带着全民所有制的身份,其中就包括宋国佳,是年龄最小的一个。我们厂工人互相调侃,最喜欢用一句话,就是不要自以为是,别搞得你好像是个全民的一样。"全民"身份高人一等,除了工资略有差别,关键是说起来好听。当然,宋国佳有名,不仅仅因为全民身份。张厂长跟我师傅是师兄弟,也来自曙光机械厂,一提起宋国佳,立刻没什么好话,立刻一肚子意见。

在张厂长眼里,宋国佳就是一个活闹鬼,天生不太平,不闹出点事来绝不罢休。"文化大革命"开始,年轻人造反很正常,加入某组织也在情理中,宋国佳非要成立一个"独立大队",就一个人,竖一面大旗,刻了公章,做了十几个红袖标,没有一个人愿意跟着玩。别人不跟他玩,他主动去逗别人玩。厂里造反派分成两大阵营,先斗嘴,大字报吵来吵去,大标语贴得到处都是,然后文攻武卫要约架。宋国佳自制了一把大砍刀,像关公一样堵在厂门口,说一个个有种别吵了,要打架,有本事先跟我干,我才是真正的无产阶级革命阵营,你们都是反动派的帮凶,都是打着红旗反红旗,都想破坏"文化大革命",你们谁敢动真格的跟我打。

因为这事,宋国佳喜欢吹牛,说曙光机械厂的武斗是他亲自制止。过了一段日子，派驻工宣队，对口单位是五十中，张厂长担任工宣队队长，宋是队员。到了学校，工宣队是无冕之王，宋国佳是王中王，根本不把队长放眼里，专门在公众场合捉弄师叔。他长得人高马大，相貌堂堂，有漂亮的青年女教师跟他眉来眼去，张厂长看出苗头不对，说学校是资产阶级染缸，我们无产阶级来了，一不小心，很可能红的进来，黑的出去，必须要斗私批修，必须要狠批私心一闪念。结果宋国佳被调了回去，为这事，他怒火万丈，卡着张厂长脖子吼，说你给我记着，你竟然诬蔑我，败坏我的光辉革命形象。

这以后，宋国佳成为支援我们厂的"十八棵青松"之一，来了不久，便把漂亮女工于莉莉娶到手。再往后，"文化大革命"走向深入，开始深挖"五一六"分子，大家也弄不明白什么是"五一六"，反正曙光机械厂那边忽然有一个黑名单，就把宋国佳抓去隔离审查。这时候，于莉莉大儿子才一岁多，肚子里还有一个小儿子，就快要生了。一抓两年多，机械局系统的"五一六"都关在一起，关什么地方没人知道，只知道"五一六"的问题很严重，很多人畏罪自杀了。

印象中，宋国佳总是牢骚满腹。回来不久，便扬言要杀彭伟。三角刮刀被庄师傅没收,又开始加工另外一把。对于一个钳工来说,制作刮刀很容易,找把钢火说得过去的三角钢锉,用砂轮开出三道血槽,再在油石上打磨,一把锋利的三角刮刀又做好了。他得意扬扬地向我演示刮刀的威力,找了一个空麻袋,带着我一起去食堂。空地上有一堆碎煤,让我往麻袋里装煤,装满了,用绳子扎紧,将麻袋抬到墙角,竖在那儿,开始用刮刀往上面扎。三角刮刀非常顺手,几乎不需要用力,轻轻一捅,很容易就戳进去。

我试了试,确实是厉害,心里有些担心,说这玩意儿太可怕了,一刀下去,还不出人命。

宋国佳若有所思,想了想,说你说得有道理,是得算好地方,要不然,真会玩出人命来。

宋国佳又说,要玩出人命就不好玩了。

2

俗话说,十个女人九个肯,就怕男人嘴不稳。俗话又说,病从口入,祸从口出。彭伟做梦也没想到,因为自己说话不谨慎,便带来了杀身之祸。故事还要从于莉莉说起，那年头，还没厂花这一说，于莉莉无非年轻漂亮。我们厂六十年代初期建立，最初是二三十号人的街道生产小组，生产标准件，我刚进工厂，不知道什么叫标准件，负责接待的彭伟介绍，说就是金属的螺丝螺母，说我们厂现在已经很不错了，生产水平有很大提高，过去生产标准件，常常是一夫一妻制，一个萝卜一个坑，一公一母，换一换就拧不到一起，一点不标准。说完不怀好意地笑起来，新进厂的青年徒工很天真，不知道他为什么要笑。

后来才明白其中的色情含义，彭伟不是一线工人，是政工组的，仍然还是工人编制，属于"以工代干"。我们进厂报到，他带着大家读报纸，学习毛主席语录，批林批孔。折腾了一个星期，再把我们送到车间，交给各自的师傅。庄师傅显然不太喜欢彭伟，看到他就觉得讨厌。彭伟跟他套近乎，说这个徒弟交给你了，你可要把你的技术都教给他。

庄师傅瞪他一眼，很不客气，说你他妈少来这套。

彭伟下不了台，赔着笑脸对我说，你这师傅技术非常好，要好好学习。

庄师傅不耐烦，对他说你死走吧，少在这油嘴滑舌，有多远给我走多远。

彭伟灰溜溜地走了，下到车间，我发现很多一线工人不喜欢彭伟。他有张讨人厌的大嘴，身为一名政工干部，给人感觉除了油嘴滑舌，就剩下游手好闲。坐办公室的每周下一次车间，他下车间就是跟女工耍嘴皮子，口若悬河天花乱坠。有些女人对他倒是不太反感，于莉莉就曾经跟他处过对象。街道小厂也没几个年轻人，很多原来是家庭妇女，都是结过婚的老阿姨。曙光机械厂增援了十八个人，情况立刻发生变化，宋国佳横刀夺爱，开始对于莉莉穷追不放。能说会道的彭伟败下阵来，据说宋国佳结婚，彭放过狠话，说君子报仇，十年不晚。话传到宋耳朵里，便守候在厂门口，当着众人面，狠狠扇了他三记耳光。彭伟矢口抵赖，流着眼泪说自己没说过这样的话，说没说过也没用，耳光已经扇了，扇了也就扇了，要说打架斗狠，他完全不是宋国佳的对手。

等到我们这批青年徒工进厂，小厂的规模扩大了许多，差不多有两百人。社会上开始抓"五一六"，有一天正上班，从外面来了几个人，穿着没有领章帽徽的绿军装，先去政工组找彭伟，然后由他领着，到车间把宋国佳抓走了。宋在大家眼皮底下被逮走，当时也不知道犯了什么错，看情形很严重，非常严重。人是由彭伟带人抓走的,都忍不住要向他打听情况。他说这个事,我不能说,不能随便说。其实知道的也很少,市里统一抓了一批"五一六",宋只是其中之一。宋国佳被抓,最吃苦的是于莉莉,想把大儿子交给婆婆带,婆婆不愿意,只能在宋国佳姐姐那里寄养一年,自己带着还在吃奶的小儿子上班。

彭伟对于莉莉深表同情,又按捺不住得意,说你当初非要嫁那姓宋的,真嫁给我,怎么会遭这份罪。于莉莉确实艰苦,天天抱着小儿子上班。我们厂地处郊区,离公共汽车站很长一段路。彭伟开始学雷锋,上下班经常用自行车驮她一段,两家住得不是很远,说起来也算顺路。他们过去处过对象,一来二去,便传出闲话。对别人的闲言碎语,彭伟应对自如,一直是模棱两可,不公开肯定,也不断然否定。于莉莉心里也有数,也忌惮,等小儿子稍大,能坐稳了,便把大儿子接回来,用自行车驮着两个孩子上班。彭伟呢,开始转移目标,开始追求小张。

小张七〇年进厂,这届学生运气特别好,前后都要上山下乡,就她这届留在城里。小张一门心思想上大学,彭伟拍胸脯许诺,只要有工农兵大学生指标,一定帮助她成功。那年头大学生不用考,全靠单位推荐,彭伟口气很大，好像这事完全是他说了算。结果大学也没推荐上，大学没上成，反倒很轻易地让彭伟给上了。不上大学会情绪很失落，情绪一失落，容易让男人钻空子。小张出身一个知识分子家庭，姐妹三个，她最漂亮，父母看不上彭伟的出身，岁数相差也有些大，一开始坚决不同意，后来知道女儿与彭伟有了那种关系，生米煮成熟饭，只能捏鼻子。

小张原是车工，彭伟从中帮忙，将她转为仓库保管员。仓库已有一位中年妇女蒋勤，小张刚去，两人关系挺不错，好像十分融洽，渐渐便有矛盾，水火不相容，谁看谁都不顺眼。这个蒋勤得过小儿麻痹症，一条腿有点瘸，人长得挺好看。彭伟下车间劳动，不在车间干活，动不动跑仓库吹牛。那时候与小张的事还没最后敲定，正节骨眼上，彭伟这头明确表过态，上竿子死追，小张那边不急不慢，不肯最后松口。

一线工人三班倒，仓库有了两个人，开始两班轮转，一个白天，一个晚上。彭伟算是科室，做长白班，与蒋勤聊天，便给他出主意，让他先上车再买票。这念头彭伟早就有了，让她一点拨，立刻付诸实行。轮到小张二班，下了班他赖着不走，留下来陪她。仓库设在厂区的角落，常常没人过来，正好是夏天，大家衣服都穿得少，一来二去，底线突破了。

蒋勤看出苗头，套彭伟说实话，是不是已得手。他有几分得意，先抵赖，不肯说，最后禁不住逼，说不能平白无故告诉你，你又不是我什么人。蒋勤问什么叫平白无故，彭伟盯着她的脸看，说平白无故就是不能白说。蒋勤笑了，说这话什么意思，说你干吗要这样看着我，眼睛不要这样色迷迷的好不好，难道还想吃老娘豆腐不成。彭伟一脸坏笑，继续盯着她看，心里想说，我就是想吃了，又怎么样，没敢说出来。蒋勤看出了他的心思，便板脸说你们男人没一个好东西，想得倒美，我好歹比你大那么多岁，你也好意思。彭伟让她这么一说，真有些不好意思，不知道怎么往下接，继续坏笑，眼睛转向了别处。蒋勤咬了咬牙，说男人不用学坏，男人天生都坏，都是吃着碗里，看着锅里，跟我说老实话，不许再打马虎眼，你跟那于莉莉是不是真有过一腿。

3

多少年后，我们厂很多人仍然还能记得宋国佳当时的愤怒。就像当初被莫名其妙抓走一样，他的释放也是不清不楚。"五一六"分子究竟怎么一回事，没人说得清楚。风声最紧张的时候，有人说宋国佳畏罪自杀，也有人说他试图逃跑，被枪毙了。

早在宋国佳回来前，于莉莉与彭伟的绯闻已传得沸沸扬扬。这事自然要问个明白，夫妻三年没见面，荷尔蒙憋得太久，再次上床难免迫不及待。刚入港，忽然想到有话要问，劈头盖脸来了一句，说你跟彭伟究竟怎么回事，是不是做了对不起我的事。于莉莉大怒，奋力将他推开，说你这没良心的东西，也不想想这几年我过得多不容易，反倒是怀疑人家。宋国佳说我也就是问问，干吗发那么大火。于莉莉说我当然要发火，怎么能不发火，说完爬起来穿裤子。宋国佳急了，不让穿，说有话说话，事没完，这么急着穿裤子，半道上突然刹车，这算什么。于莉莉气鼓鼓继续穿衣服，说你说我跟谁有事，那我们就是真有事。

接下来两人都赌气，你不搭理我，我不搭理你。也不在一张床上睡，于莉莉带着两个儿子睡。宋国佳一肚子干火无处释放，在一开始也不相信与彭伟真有事，看她生气成那样，一肚子委屈，心也软了，气也消了，就等着找台阶下。于莉莉依然生气，只是在脸上摆着，心头怨气正渐渐消去，也在等台阶下。僵持了一个多星期，于莉莉母亲过来住了几天，老太太跟儿媳妇大吵一架，一肚子不痛快，跑到女儿家来诉苦，顺便跟女婿说说他不在时，于莉莉多么不容易。

老太太来，宋国佳与于莉莉恢复说话，算是和好了，表现得就跟什么事也没发生一样。家里就一间房子，老太太和女儿挤一张小床，女婿带两个儿子睡。好不容易熬到老太太走，那天正好是休息日，于莉莉买了一盘宋国佳爱吃的六合猪头肉，又买了瓶白酒，认认真真做了几样菜，大家一起吃饭。两个儿子与宋国佳一样，也爱吃猪头肉，不一会儿，一大盘猪头肉吃光。吃完猪头肉，于莉莉哄两个儿子睡午觉，小孩子不肯睡，在床上没完没了地闹，宋国佳欲火如焚，已经在老婆屁股上捏了无数次，一边喝酒，一边骂两个儿子，让他们快睡觉，不许再胡闹。两个儿子偏偏不睡，要睡也是假装，眼睛刚闭上，又很淘气地睁开了。

宋国佳忍不住骂娘，说小兔崽子，知道老子想干坏事，故意跟我作对是不是。他这话是说给老婆听的，于莉莉听了，狠狠地白了他一眼。大儿子已快六岁，问宋国佳想干什么坏事。宋国佳说，干什么坏事，我想打你们两个小兔崽子，狠狠地打，连你妈一起打，把你们都好好地打一顿。不知不觉，一瓶白酒下肚，结果两个小孩没睡午觉，他反倒是喝得酩酊大醉。等到再次清醒，已是第二天天亮，于莉莉与两个儿子都起床了，正准备去上班。

宋国佳连忙爬起来，不停地说该死，昨天喝得太多了。匆匆刷牙，吃了几口泡饭，送于莉莉和儿子去上班。回来以后，一家四口和和气气地一起去上班，这还是第一次。家里就一辆自行车，大儿子坐前面，于莉莉抱着小儿子坐后面。两个儿子都放在厂幼儿园，厂里照顾于莉莉，他不在，只让她做长白班。这天正好轮到宋国佳二班，要下午才去，送完于莉莉母子，还得回家，到下午上班，再把自行车交给于莉莉。

二班是下午四点半到晚上十二点，这时间下班，公交车没了，只能走回去。回到家一身臭汗，洗个澡上床，已一点多钟，于莉莉搂着两个儿子睡得正香。宋国佳过去把她弄醒，往小床上抱。于莉莉软绵绵的，任由摆布，他火烧火燎褪下了她的大裤衩，才发现来了例假。于莉莉完全醒了，有些同情他，说你早干什么了，磨磨蹭蹭非要拖到现在，昨天还非要喝醉了，你这不是活该吗？

宋国佳万分沮丧，有苦说不出。于莉莉说，我妈也莫名其妙,一住就是这么多天。于莉莉又说,我身上也是刚来,晚上洗澡还在想,过了今天就好了,没想到洗着洗着就来了,只能怪你运气不好。宋国佳叹气,说真是他妈的运气不好,真是倒霉,关在里面的时候,一直在想,回到家,一定要跟老婆先大干三天,没想到回来都半个月,到现在都没干成。于莉莉说你关在里面,是不是成天都在想女人。宋国佳说,我他妈不想女人还能想什么,我是想女人了,我想自己老婆又怎么了。于莉莉说谁知道你是不是真的想我,宋国佳说,我他妈不想你,还能想谁。

4

一九七六年的十月六日,"四人帮"粉碎了,到处都在庆祝游行。宋国佳却像疯子一样,整天还在念叨要捅彭伟一刀。他又做了一把很锋利的匕首,说要在彭伟腿上用三角刮刀先扎一下,让这家伙跑不了,再用匕首将干坏事的玩意儿给割了。

庄师傅看不下去,说不要一天到晚叽叽歪歪,这事你都闹腾几个月了,老是这么说有什么意思,你就有句实话，到底玩真的，还是吓唬吓唬人。宋国佳说，我吓唬人好不好，我说着玩玩好不好。大家都知道他是个难缠的刺头，都担心真会做出不理智的事，又都想看笑话。派出所来了两名便衣，进行了一番谈话，向他提出警告。便衣走了，宋国佳继续发狠话，说他也想放过彭伟，可惜他是个男人，这刀子都已经做好了，不见到血，有点说不过去。

宋国佳后来因为持刀伤人，被判了十二年徒刑。入狱后表现不好，赶上要清查"文化大革命"中的三种人，又追判了五年。我印象最深的不是他如何用三角刮刀捅人，而是有个人一直在扬言要这么做。虽然同一个车间，我们同一个小组，很少看见他在干活。钳工活计相对轻松，可是他上班总在发牢骚，没完没了地吹牛，说当年造反如何风光，被审查"五一六"如何英勇不屈。有时候连工作服都懒得换，除了庄师傅偶尔会教训他几句，大家好像都不怎么愿意招惹他。

有一天，工作间就我跟宋国佳两个人，他又在那拼命说狠话，吹嘘自己当年打架有多厉害，出手有多敏捷，说在被关押期间，那些负责看管他的人，见了他有多头疼。正说得兴高采烈，彭伟的老婆小张来了，脸涨得通红，说有话要跟宋师傅说。她来得突然，宋国佳很意外，挥挥手，示意我先离开，然而小张张开了胳膊，拦住了我，不让我走，她显然不愿意与宋国佳单独在一起。

小张气鼓鼓地说，宋师傅，我就这么跟你说吧，我跟你讲的都是真话，真的是真话，真话就是我们家彭伟，他跟你们家于莉莉，根本没什么事，你不要听别人乱讲。宋国佳冷笑着问了一句，我听谁乱讲了。小张说，真没有什么事。宋国佳很不屑地说，你说没事就没事了。小张拿他没办法，说也不能你说有事就有事。宋国佳说总不能你说没事就没事吧。两人像绕口令似的斗了一会嘴，都不肯认输，小张有些上火，说那好吧，就算是真有事，你又想怎么样。

宋国佳还是那几句，说你男人跟我老婆到底有没有事，不是你说了算，你说了不能算，要彭伟那个小狗日的过来，自己来说清楚才行。他必须亲自给老子赔礼道歉，对了，这种事光一个赔礼道歉也不行，你不能说一声对不起就算了，就没事了，这个事不是对得起对不起就能解决的。小张说那你说怎么办，宋国佳说怎么办，这个你要去好好地问问彭伟，他应该知道怎么办，他既然敢做，就他妈的应该敢当。小张急了，说你就捅他一刀好了，有本事干脆把他杀了。宋国佳笑了，连声叫好,让在旁边看热闹的我为他做证,说这话可都是你小张说的,是你让我捅他一刀,是你让我干脆把他杀了。

转眼进入一九七七年,蛇年春节快到,广播里满耳朵英明领袖华主席,一举粉碎"四人帮"。光听见打雷,见不到下雨,有些话老这么颠过来倒过去吓唬人,基本上也就是狼来了。宋国佳喊得最凶时,厂里甚至安排彭伟出过一次长差,让他去厦门躲了一个月,避避风头。有些事躲不过去,有些事也就是说说而已。厂里的吃瓜群众在背后议论,有人相信于莉莉是清白的,有人不相信。咬人的狗不叫,叫的狗不咬人,有人觉得宋国佳最终不会捅彭伟一刀,有人觉得话说到这份儿上,不捅一刀还真说不过去。

按惯例,庄师傅会安排在年初三加班,为机床做保养,替换磨损的齿轮。这活平时也可以干,为加班故意留着,算是一种福利,春节期间加班享受双薪。宋国佳也闹着要加班,加班有名额限制,就两部机床,他非要干,庄师傅只好自己不干,把名额让给他。这个厂刚创建时,机床设备很少,我们保养的这一款,只有一台,当时是重点保护,还用铁丝网围起来,后来就多了,一车间都是这样的机器。

做保养一共六个人,四个维修钳工,两名操作女工小王和小杨。小王负责递工具,小杨负责生火煮饭。大家各自带菜,平时在食堂蒸饭,今天只能自己煮。我跟宋国佳一组,说起来他是师叔,我是未满师的学徒,可是他技术实在不怎么样,先还抢着做,很快不干活了,干不下去,光说话聊天。到吃饭时,别人打开饭盒吃饭,他摸出一包大白兔软糖,靠吃几颗糖管饱。小王和小杨觉得神奇,宋国佳说糖是粮食的精华,和酒一样,都可以当饭吃。又说当年在曙光机械厂干学徒,没东西吃,大家打赌,就比谁糖吃得多,吃得少请客。说自己能一口气吃一斤糖,不费一点事,小王和小杨不相信,他便当场表演,一颗接一颗往嘴里扔大白兔糖,使劲咬,满嘴都是白沫。

很快一大包奶糖吃完,看得出,到最后已经不行了,已有些嚼不动,还在说吃糖不算什么,除了牙感到难受。又吹嘘当年,他们曾经三个人吃掉一个大猪头,说那才叫是真本事,煮熟了,蘸点盐,三个年轻小伙子,活生生地把个大猪头给消灭了。

宋国佳手上比画着,说这么大一个猪头,真是这么大,不是吓唬你们,就给我们三个人干掉了。

5

过完春节,天气一天天暖和,厂里开始分房。这是我们厂的第一套宿舍,三层楼,每户面积不大,不到二十平方,有公共厕所。分房布告贴厂门口,看的人不多,只要瞄上一眼,就知道与自己没关系。一共十八套房,当时不叫福利分房,有许多条条框框,没结婚不行,有私房不行,已结婚有房也不行,要用旧房交换。宋国佳家房子是祖上传下来的,分房和他没关系。大家忍不住在车间议论,说东道西,都觉得彭伟不该分房子。按照规矩,要房的人不能是分房小组成员,参加了分房小组,就不应该再享受分房。

宋国佳很愤怒,觉得这些话都有道理,说彭伟小狗日的凭什么分房,老子马上就去把那个什么布告给撕了。大家已习惯他的狠话,都不当回事,也不接他的茬,他感到被冷落,更加愤怒,脸憋得通红,咬牙切齿,中午吃饭的时候,真去厂门口把分房布告给撕了。布告一撕,顿时有好多人围过去看。正在吃饭的彭伟听说有人撕布告,不知道是谁撕的,端着饭盒一边吃,一边过来看看怎么回事,挤进人群里,看到是宋国佳在那儿,要退回去已来不及。

宋国佳断喝一声,姓彭的你他妈不要跑,你小狗日的凭什么分房子,好事凭什么都让你占了。看热闹的人很多,彭伟不想和他纠缠,扭头想走,宋国佳追过去,拦在前面,一把拎住了衣领。众目睽睽之下,彭伟十分狼狈,支支吾吾说了一句,这事也不是我能决定,你要问,就去问张厂长,我做不了主,反正事情也简单,该有我的,就有我的,不该有我的,就没有我的。宋国佳扬手一耳光,彭伟被打蒙了,憋半天,说你你打人。宋国佳说我就打了,怎么样。彭伟带着哭腔喊起来,说你不要以为"文化大革命"还没结束。围观者都乐了,没想到还会冒出这么一句话。有人上前拉架,宋国佳随手又是两记响亮的耳光。彭伟终于挣脱开,手上还拿着饭盒,趁乱踢了宋一脚。接下来,宋国佳便回到车间,拉开工具箱,拿了三角刮刀和匕首,气势汹汹走出去。

宋国佳回车间拿凶器,我与庄师傅正在讨论两天前的一场空难,地点是加纳利群岛,两架飞机在机场发生碰撞,造成五百多人死亡。我们都不知道加纳利群岛在什么地方,也没坐过飞机,却一本正经在讨论,如果有机会坐,哪个部位更安全,坐前面好,还是坐后面保险。宋国佳走进来,拿刮刀和匕首,再次走出去,有几个看热闹的跟进跟出,谁也没料到接下来会发生什么事。庄师傅后来很懊悔,说自己当时如果站起来,拦住了徒弟,后面的悲剧也许就不会发生。

外面看热闹的越来越多,宋国佳前面走,后面跟了一大堆人。他一边走,嘴里一边嘀咕,说今天不让你姓彭的好看,我他妈就不姓宋。彭伟早已无影无踪,宋国佳也不吭声,东张西望,根据大家目光,就能判断出他往哪跑了,就知道他躲在哪里。彭伟肯定是回政工组了,宋国佳骂骂咧咧地向那边走去,路过厂长办公室,遇到正走出来的张厂长。张厂长一看他那架势,看了看跟在后面的群众,立刻气不打一处来,说又要搞什么名堂,你到底想干什么。

宋国佳说,我要让那个彭伟好看。

张厂长非常不屑,说你不要老是咋呼好不好,动不动就要捅人一刀,动不动就说叫谁好看。

宋国佳有点犹豫,看了看跟在自己后面的吃瓜群众,又有点忘乎所以,以商量的口吻向张厂长请求,说你不要拦我,我今天可是玩真的,谁拦我谁他妈会倒霉。张厂长根本不把他的威胁当回事,说我不管你玩真的玩假的,反正这事得有人管,不能你想干什么就干什么,我今天就是要拦着你。

宋国佳脸红得发紫，说你别拦我，别拦我。

张厂长还是不屑，说我就是不让你过去。

说着说着，所有的人大吃一惊，好像有一股奇异的吸引力，宋国佳不过轻轻地挥了一下手，三角刮刀便像小鸟一样飞出去，轻轻飞向张厂长的腰间，深深地钻了进去。结果就是，幸运的彭伟毫发未伤，受重伤的是张厂长，张厂长差一点送了命。

二〇一七年二月十五日　河西

舟过矶

保洁员寒露在舟过矶公园巡视,她是这里的临时工。丈夫老魏是门卫,看守公园大门,也是临时工。夫妇二人到此安营扎寨,整整三年。三年前,老魏突然犯倔,决定不再跟堂弟魏明后面干了。他决定不再瞎奔波,不再瞎忙乱,反正挣不了钱,不如带着老婆来公园打工,毕竟这活轻松许多。

舟过矶是公园的核心景点,站在高高的矶头上,可以看见成片的厂房。烟囱林立,长江两岸都是化工园区,货轮在江面上排队,一艘接一艘。那些货轮巨大,长度快赶上一个小足球场,原料没完没了运过来,成品源源不断运出去。空气中流动着一股甜甜的腥味,高大的烟囱一直在冒烟。都说化工厂待遇好,寒露夫妇曾经十分向往,希望有朝一日,也能进入这样的国营单位,能够捧上铁饭碗。现在早已释然,早就不稀罕,化工厂有污染,挣的钱再多,不够日后给自己买药吃。

公园平时没人来，空气不太好。下午四点多钟，秋日的夕阳缓缓坠落。寒露有点犹豫，不知道该怎么跟眼前那位穿红皮鞋的女士招呼。这是个不太讲道理的女人，有些蛮横，开口就很霸道。大约三个小时前，为了阻止她摘公园里的菊花，寒露已被骂过几句。正是菊花的展览季节，红皮鞋女人在展区徘徊了很久，她东张西望，突然抬起腿来，用脚去踢盛开的菊花。

这行为莫名其妙，不可理喻，就看见两只红皮鞋不停交换，像水中游动的红鲤鱼，忽上忽下，一会儿左一会儿右，在菊花丛中穿梭，游过来游过去。

寒露看不下去，喊了一声："喂——"

她并没有停止的意思，两只鲜艳的红皮鞋，继续在糟蹋菊花，同时，还不屑地对寒露翻了个白眼。

寒露只能对她再喊一声，稍稍加重了语气：

"喂！"

"喂什么，有什么好喂的！"

红皮鞋女人依然不屑，冷冷地回了一句，嫌寒露多管闲事。

公园里没多少游客，各种不文明行为，习以为常。发生也就发生了，寒露是保洁员，有些事可以过问，也可以装作没看见。没人把保洁员当回事，没人把保洁员放眼里。有一天,一个半大不小的男孩,在上山的台阶拐弯处拉屎,有个老太太旁边照应。寒露问为什么不去不远处的厕所,老太太一口谁也听不太懂的方言,骂骂咧咧,喋喋不休。仿佛不懂事的是寒露,犯错的是寒露,她是保洁员,打扫公共厕所理所当然,再给她找点事做又怎么了,难道还想拿钱不干活。

红皮鞋女人也像那个不讲理的老太太一样,开始数落寒露,开始讥笑寒露,说她拿的钱不多,管事倒不少。说话口音与寒露的家乡话很接近,很土,句句都能听懂。寒露知道自己不会吵架,犯不着这样做,与不讲道理的人,永远也没有办法讲道理。

现在,已经是三个小时以后,状况不一样,有些不同寻常。首先地点换了,红皮鞋女人离开了缤纷灿烂的菊花展区。寒露与她又一次在舟过矶上相遇。这时候,红皮鞋女人手上拿着一枝黄色菊花,很大的一朵菊花,俗称"泥金九连环",因为喜欢,寒露费很大的劲,才记住了"泥金九连环"这名字。显然是刚采摘的,红皮鞋女人眉头紧皱,心事重重地站在矶头上。

所谓矶头,就是江边突出的一块大岩石。万里长江滚滚而来,到舟过矶这里,江面突然狭窄,江水立刻变得湍急。如果红皮鞋女人很快离开,很快从裸露凸起的矶头上下来，寒露或许就不太会去关心，就不再多事。摘不摘菊花，与保洁员的职责，没什么关系。要罚款，也是公园保安出面。寒露犯不着为这事，跟红皮鞋女人发生口角，她根本犯不着。

寒露只是站在不远处，观察红皮鞋女人。如果不是行为古怪，如果不是举止诡异，她的神情不是那么忧郁，不是那么绝望。寒露真犯不着再多上一句嘴，然而，既然多了个心眼，就不能不过问。必须要对那个女人说些什么，必须要跟她打个招呼。寒露不知道怎么开口，不知道怎么称呼对方。明知道这么称呼并不合适，但是她已经这么称呼，后悔也来不及：

"当心从那上面掉下去，美女。"

眼前是位四五十岁的中年妇女，算不上是美女。若论外表形象，寒露年轻时才是不折不扣的美女。美女的称呼突然就流行，寒露也不得不跟着流行招呼别人。美女成了女人的代名词，只要是个女人，即使是老太太，虽然鹤发鸡皮，虽然蓬头历齿，她还是美女，她就是美女。

站在舟过矶上的红皮鞋女人，回过头来，十分木然地看了寒露一眼。

"真要当心，真有人从上面掉下去。"寒露意犹未尽，又接着再警告了一句。她告诉她，要是从矶头上掉下去，就没救了，小命就完了。上个月，有个男人用手机拍照，一不小心，就掉了下去。

红皮鞋女子说："掉下去也好，省得自己跳。"

没想到这个女人真会从舟过矶上跳了下去，第二天，有人在矶头的岩石上，看见一双红皮鞋，皮鞋上搁着那枝"泥金九连环"。听说这事，寒露不由得懊恼和后悔，很懊恼，十分后悔，觉得自己不应该赌气，不应该就那么转身离去。被她骂几句又怎么了，寒露不应该在乎对方的态度，应该留下来，继续劝说红皮鞋女人几句。

事实上，红皮鞋女人没表现出强烈的自杀愿望。说有人用手机拍照跌入江中，不过是随口编造，寒露小心翼翼，故意避开了自杀这个敏感词。在寒露心头，在当时，或许只是猜测，只是觉得这女人可能要自杀，可能会寻死，这个想法像流星一样转瞬即逝。寒露已经含蓄地表达了自己的意思，让她当心别从矶头上掉下去，这就应该算是提醒，就应该算是暗示，就应该算是劝慰。

寒露觉得自己尽了责任，俗话说，好死不如歹活，俗话又说，人要死，谁也拦不住。虽然这么想，心里总还有一种说不出的滋味，毕竟是死了一个活生生的人，毕竟一个活生生的人就这么死了。世事难料，或许寒露多劝上一声，再疏导几句，也就将她救了下来，这个女人也就放弃了寻死的念头。

历史上的舟过矶，曾吸引过无数游人。这地方离江南考场不远，在古代，科举是读书人的绝对大事，江南学子十年寒窗，乡试失利，有想不开的，便选择来这投江，在这撒手红尘，了结余生。舟过矶仿佛拦腰冲入大江的船头，三面都是陡峭的悬崖，从上坠入长江，应该不会有生还的机会。当地老百姓称此处为"舟过矶头，一两一个"，为什么有这个说法，解释不清楚。

有一种传闻，当年到这来轻生的人，照例会付给车夫一两银子。本来车钱只要十几个铜板，付这么多钱，表示自己生无可恋，去意已决，不会再回头。不过民俗学者并不认同这种传闻，他们根据本地方言特征，查找稀有文献，得出一个结论，所谓"一两一个"，是"一仰一个"的讹传。这里的方言读"仰"为"两"，意思是说你只要往后一"仰"，一条小命就没了，跟一两银子毫无关系。

在民国年代，有个国外留洋回来的诗人，因为失恋从舟过矶上跳了下去。当时报纸上很为他惋惜，一是觉得这人诗写得不错，二是父母花那么多钱培养，早知如此，还不如包办个媳妇，搞什么自由恋爱。结果引起一场新旧之争，很多人参加讨论，舟过矶名声大振，跑这来轻生的人，越发多起来，一时间，"到舟过矶去"，成为寻死自杀的代名词。

再后来，几十年后，在舟过矶上游，建了一座大桥，轻生者开始换地方。他们更愿意选择跨江大桥，长江大桥因此变成一个承载死亡的漏斗，取代了舟过矶的功能，掩盖了它曾经有过的历史名声。寒露与老魏刚到公园上班，到管理处去办手续，就看见有个很大的办公室，挂着一块"心理危机干预志愿者中心"的牌子。工作人员在这办公室给新来的员工讲课，进行上岗培训，讲述舟过矶的历史掌故，解释"舟过矶头，一两一个"的本义。

寒露当时就有点不太理解，不明白为什么在公园里，会有这么个志愿者中心，会有这么个办公室。在长江大桥上试图跳江自杀，最后又被解救的幸存者，常常被带到这来继续进行疏导。世事难料，见多不怪见怪不怪，什么样的人物都会有，有个中年男人，坚信自己患了艾滋病，坚信大家都在隐瞒他的病情。他随身带着一份印有"阴性"的化验单,装进密封的塑料袋,贴身放着,希望别人发现他尸体时,能够看见这张化验单,证明他是健康的。这个人已经彻底绝望,不想再活在这个世界上,可是又希望,最后别人都相信,他并没有得过艾滋病。

专家向听课员工解释自杀者的矛盾心情,人是世界上最复杂的动物,一个人若要被自杀情绪笼罩,除了感伤和绝望,他甚至会感觉到死亡的美好诱惑,他会把即将到来的死亡,想象得非常美好。被劝说下来的自杀幸存者,曾向专家描述了这种奇妙的感觉:

"水面离你越来越近,水面上的波纹,是静止的,好像柔软的皮毛,你一伸手就可以抚摸到。"

寒露听不太明白专家转述的这些话,也不太愿意去想象那些自杀者的复杂心理。她不太明白为什么会有这么一个"心理危机干预志愿者中心",那些被拯救下来的幸存者,有的就干脆成了志愿者。他们在这里交流情感,抚摸伤痛,讲述自己的遭遇。在中心的大橱窗,陈列着两张名人题写的书法作品,一张是"关爱生命",一张是"善待生命每一天",字很大,很醒目。寒露去管理处,必定会看到这几个字,心里总觉得怪怪的,总觉得能从那几个字中,闻到了一股接近死亡的腐朽气味。

寒露夫妇到公园来上班不久,舟过矶上游的长江大桥,被封闭起来全面大修。公园领导召集全体员工开会,又一次请"心理危机干预志愿者中心"的专家来给大家讲课。这一次,专家向大家直截了当地发出警告,言之有据,说得挺玄乎,说大桥封闭了,准备要自杀的人,上不了大桥,没别的地方可去,很可能再次选择舟过矶,作为结束自己生命的终点。

一本正经的警告,让公园员工觉得可笑,觉得不可思议。专家总是喜欢说几句过头话,这里的员工大多是新来的,就算工作很多年的老人,也从来没遇到过有人来这自杀。"舟过矶头,一两一个",早就成为遥远的历史,在大家心目中,"心理危机干预志愿者中心"是个不折不扣的摆设,是吃饱了饭没事做。

没想到专家的警告,很快被验证,很快成为触目惊心的现实。就在这次开会不久,一名白白胖胖的公务员,在公园里徘徊了半天,最后真从舟过矶上跳了下去。接下来,隔了并没有多久,又有两个轻生的人,一男一女,年纪很轻,从舟过矶的岩石上,一起携手跳了下去。

专家的预言变得不再可笑，专家说，自杀是生命之痛，自杀是人类之殇。专家又说，自杀还可以分为淡季和旺季，春花秋月，股市崩盘，快过年了，过完年了，都有可能是轻生和自杀的高发季节。有时候，只要那么一点点理由，只要那么一点点刺激，悲剧便不可避免地发生了。

就像专家预料的那样，短短几年，前后竟然有十几个人，从舟过矶上跳了下去。这数目有点吓人，一个人若想死，拦不住，寒露曾目睹过这样的场景，自杀者站在矶头上，去意已决，志愿者匆匆赶过来，派出所的警察也来了，公园在上班的领导也都来到了现场，怎么劝说都没用，怎么劝说都没效果。志愿者说得口干舌燥，自杀者完全不为所动，围观者越来越多，不止一个人在用手机拍视频，结果呢，还是没有救下来，众目睽睽之下，自杀者转身跌入了长江，拍摄的视频被当地电视台播放了。

公园领导对所有员工提出要求，人人都应该有份责任心，都应该有份爱心。一旦发现形迹可疑，不管男女，无论老少，都要立刻进行干预，进行疏导。人人都必须关爱和善待生命，你的干预和疏导，很可能就是一次生命的救赎。当然，一个人想自杀，并不是很容易就看出来，专家说得头头是道，实际操作中难以执行。有的自杀者，来到舟过矶，二话不说，立马跳了下去，也有人磨蹭半天，又哭又笑，引来很多人，最后被劝了下来。

公园游客太少，除了寒露，没人注意到红皮鞋女人的异常。没人知道她跳下舟过矶的确切时间，等到发现留在岩石上那双鲜艳的红皮鞋，已经为时过晚。因为长期冲刷的缘故，在舟过矶下面，形成一个湍流很急同时又非常深的水潭，尸体没被激流冲走，一旦沉入潭底，往往要过好几天才能浮上来。历史上，周围村庄有过专门打捞尸体的人，可是现如今，这门手艺早已失传，不会有人再乐意干这种活计，没人想靠这个挣钱。

好多天后，舟过矶下游的江滩上，发现了红皮鞋女人的尸体。家属来公园认领那双红皮鞋，死者女儿对着红皮鞋号啕大哭，口口声声说她刚为母亲买的，为什么母亲要穿着这双红皮鞋离去。一共来了四个人，女儿女婿，前夫和后夫，出面交涉打交道的，基本上都是死者前夫，一个脖子上挂着金项链的中年男人。气氛很沉闷，都不怎么说话，女儿一直在哭，三个男人一支接一支抽烟，办公室里烟雾缭绕。

"心理危机干预志愿者中心"的工作人员希望能够

留下那双红皮鞋,准备将它搁在橱窗里警示后人。死者家属为此讨论了一番,一开始不肯同意,后来想想,又答应了。

死者家属在舟过矶裸露的岩石上焚烧纸钱,寒露为他们指认地点,也就是发现那双红皮鞋的具体位置。江风很大,燃烧着的纸钱,像一只只红色的鸟儿,向江面上飞去。幸好刚下过雨,否则非常危险,秋天来了,到处都是干枯的落叶,很容易引发山火。

女儿在哭泣,那几个男人在抽烟,寒露拿着扫帚簸箕,在一旁守护。作为公园保洁员,有责任阻止他们,然而她没这么做,只是一次次提醒,提醒他们千万要注意火势。女儿一边焚烧纸钱,一边喃喃自语,说母亲是光着脚离开,应该把那双红皮鞋烧给她。

除了提醒他们小心,从头到尾,寒露没说过一句多余的话。她很可能就是最后的见证人,几天前,也是站在这个位置,寒露警告过红皮鞋女人,让她当心别掉到江里去。那时候,还不能确认她想自杀,只是想到了这种可能。红皮鞋女人态度很不友好,甚至带着一点敌意,正是这种不友好,正是这种敌意,让怀着一点疑虑的寒露,转身而去。

现在，寒露有些后悔，后悔自己的转身而去。她很想告诉家属，很想把死者留下的最后一句话说出来，这句话一直在寒露脑海回响：

"掉下去也好，省得自己跳。"

寒露最后还是没说出来，事已如此，说出来也没意思，又能怎么样，不如不说。

二〇一九年三月五日　三汊河

炮山鸡

寒露生于一九六二年,出生那年,饥饿日子总算熬到头。村上突然添了一堆同龄孩子,对大饥饿都没印象,开始有记忆就"文化大革命",就是呼口号,呼喊各种口号,开会,跳忠字舞,各式各样庆祝大会,迎接最新指示。然后粉碎"四人帮",敲锣打鼓,再然后,有了社办企业,进厂当工人。日子过得稀里糊涂,结婚,生儿子,转眼便到四十岁。

寒露老公是邻村的老魏,先是同一个厂上班,社办企业说不行就不行,变成私人老板。他们在私人老板那里打工,挣不了什么钱,儿子上大学,夫妇两个开始到南京来找活干。什么活都干,什么活都干不太好。到处做小工,总算他们还能吃苦,跟着包工头魏明混,转眼又是十年。魏明做装潢,老魏做泥瓦匠;魏明贩水果,搞建筑材料,他就负责跑运输。

魏明从包工头开始做起,渐渐发财,在南京有房有车，在舟过矶附近承包一个小山头，办了个养鸡场。寒露夫妇成为养鸡场仅有的员工，鸡是放养，这年头，只有放养的土鸡，才能卖出好价钱。魏明小时候得过小儿麻痹症，一条腿有点瘸，与老魏是一个村，比老魏还小五岁。因为脑袋灵活，这些年称呼一直在改变，从刚开始的魏师傅，到魏经理魏老板，再后来成了魏总。老魏背后对这个"魏总"，多少有些不服气，常常很不屑地跟寒露嘀咕，什么魏总，如今有钱人太多，比他有钱的更多，我就喊魏明，就不叫他什么魏总，魏什么总呀。

魏明会带些客人过来钓鱼，喝土鸡汤；鸡场有个小池塘，养了不少鲫鱼。鲫鱼都是农贸市场买的，放池塘里养，就成了野生鲫鱼。鸡也是冒牌，自家养的土鸡卖得差不多，从人家养鸡场买些成年母鸡放养。有一天，魏明又带几个客人过来，三个中年人，两个年轻人。两个年轻人看上去像是一对，小伙子看着特别眼熟，仿佛什么地方见过面，两只大眼睛很有神，非常明亮，看谁都好像是在放电。

魏明对寒露说："三嫂，你看这个小杨，像不像李连杰？"

经魏明一提醒，寒露立刻觉得太像年轻时的李连杰,尤其看人神态,难怪会眼熟。两个年轻人有说有笑,又打又闹。让寒露感到很意外,他们并不是一对,小伙子的相好,是那位一起来的中年妇女,那位开餐馆的老板娘。老板娘显然要比小杨年长好多岁,他们不像姐弟,更像母子。

喝土鸡汤,钓鲫鱼,随便谈成了一笔生意。开餐馆的老板娘名叫秀贞,打扮得非常时髦,大大咧咧,谈生意很爽快,一口一个我说话算数,就这么定了,就这样。一连喝了两碗土鸡汤,问魏明这鸡为什么叫"炮山鸡"。

魏明便向她介绍,原来也叫"跑山鸡",大家都打这个招牌,意思是不光要原汁原味的"土",还要让鸡"运动",要跑起来。结果来了位研究经济的大教授,十分有文化,说不能人云亦云,要独特,要和别人不一样。正好这边的山叫"炮山",因为挨着长江,山上有个古炮台,教授就把"跑山鸡"给改成了"炮山鸡",说以后生意做大了,要注册商标都方便。

魏明带客人走了,鸡场只剩下寒露和老魏。天很快黑下来,寒露里外收拾一番,将拴狗的铁链打开,一天活计就算结束。然后赶紧做饭,两口子坐下来吃,吃完，打开电视胡乱看，信号不好，想看的频道，画面过一会就会闪动，看着让人心烦。挨个频道换下来，能看的不想看，想看的看不成，索性不看了，坐门口聊天，话题很快到了老板娘和小杨的关系上。

寒露继续惊讶，说这两个人到底真的还是假的。老魏手中的烟正好抽完，烟屁股往地上一扔，一边跑出去撒尿，一边回过头来，说当然真的，现如今只认钱，只要有钱，男人找小姑娘，女人找小白脸，都不算事。寒露知道老魏又是在说魏明，瘸了一条腿的魏明，走路样子有些滑稽，穷的时候找不到老婆，有钱了，在乡下已经娶了老婆，还经常在城里找小姑娘。这些年，帮他管账和开车的年轻女孩，一个接一个换，用老魏的话说，这些女孩漂亮也好，不漂亮也好，魏明一个都不会放过。

"男人有钱就变坏，女人变坏就有钱，这话一点都不错。"

老魏说这话时愤愤不平，他一直都在嫉妒魏明，说来说去，最后必定这么一句。寒露说，你这话是说谁呢，想说魏明有钱变坏了，还是说那个开餐馆的老板娘，变坏了才有钱。老魏说你觉得我说谁，就是谁，说谁都行，反正他妈不是东西，都这样。寒露说我还能不知道你心里怎么想，你呢就是也想变坏，太想变坏了，可惜没钱，想也没用，想也白想。你老婆呢，不够坏，所以也就没钱，所以我们只能受穷，只能老老实实替人家打工。

老魏说："不是这意思，我才不稀罕像他们那样呢，打工又怎么了，我觉得现在挺好。"

寒露知道老魏说的不是心里话，这年头，谁不想当老板，谁愿意替人打工。心里不痛快，话不投机，除了早早上床睡觉，没别的事可干。于是老一套，非常机械的前奏，开始很快，结束也很快。老魏几乎立刻睡着，寒露没有睡意，就在脑子里胡思乱想，想那个开餐馆的老板娘，想那个长得像李连杰的小伙子。真像演《少林寺》时的李连杰，太像了，眼神完全一样。寒露记得第一次看这部电影，与老魏一起，那时候通过媒人，两人刚正式确立对象关系。黑暗中，银幕上的李连杰眼光炯炯有神，老魏忽然伸过手来，摸她的胳膊，摸她的腿，吓了她一跳。

寒露和老魏当时在同一家社办企业上班，处了对象，订了婚，虽然早就认识，大家都拿这关系取笑，他们反倒不太好意思。也还是那段日子，半大不小的毛孩子魏明也来上班，别人都喜欢捉弄他，欺负他是个瘸子,几个比他大点的男孩,动不动就剥他裤子。老魏告诉寒露,说他们当年为什么喜欢开玩笑,说魏明的小弟弟有点特别,他的包皮很短,龟头天生外露,还有点弯,有点大,因此有个绰号叫"弯头"。

老魏的呼噜声时有时无,一翻身,好像醒了,说了句什么梦话,继续睡。月光如洗,又圆又大的月亮升起来,屋子里很白很亮。寒露一直有点尿意,一直憋着,终于觉得憋不住,便起来撒尿,又拿起当杯子的玻璃瓶,喝了几口水,再接着上床睡,故意把床板弄得很响,老魏一点反应都没有,睡得很香。

老魏夫妇熟悉的人中间,魏明第一个变得有钱,从一个很普通的小包工头,活生生变成一个出手阔绰的大老板。在骨子里,老魏对魏明并不服气,不太甘心,然而过去的十年,他们夫妇都是跟着这位曾经看不上眼的小老弟混,根本没办法离开他。寒露还能记得十年前的情景,他们来南京投奔魏明,那时候,魏明干了好多年的包工头,正神气十足地准备学开车,刚报名交过学费。

"三嫂,你们跟着我,吃香喝辣不敢说,不过你们放心,我魏明绝不会亏待启新和三嫂!"

魏明与老魏是堂房兄弟,老魏在家排行老三,本名叫魏启新,魏明平时都是直呼启新,三嫂则是寒露的专称。魏明一口一个三嫂,说三嫂还是这么年轻,还是这么漂亮,这么多年,你就没怎么变过。有一次,酒喝多了,趁着醉意,魏明掏心窝地教训老魏,说启新你知道不知道,你这人为什么出息不大了,我告诉你,就是我三嫂太漂亮,太能干,有了三嫂这样的老婆,你还能有他妈的什么狗屁上进心。

魏明把自己的成功,归功于他的一条瘸腿,归功于娶的老婆有点丑。有了钱的魏明,说起话来不仅财大气粗,还肆无忌惮有恃无恐。他告诉寒露,说自己出来混,出来打工,就是想挣钱讨老婆,后来挣了点钱,总算讨到老婆,没想到这个老婆,越看越不经看,越看越丑,结果牙一咬,又离家出来混了,这一混,就是好多年,再也不想回老家,再也回不去老家。

一个人无论变得多有钱,记忆不会轻易改变。寒露心目中,魏明混得再阔,还是忘不了他当年如何被人欺负。那些比他大的孩子戏弄他,喊他"弯头",哄笑着剥他裤子。魏明坐在车间门口,一边生气,一边流眼泪。寒露忘不了他的咬牙切齿,他喜欢坐地上哭,别人若无其事从他身边经过。那时候,寒露做梦也不会想到,她和老魏日后会跟着魏明后面讨饭吃,要在他手底下打工。

外面的狗突然叫起来，会不会有人来偷鸡，或者那只黄鼠狼又来了，寒露琢磨着要不要叫醒身边的老魏。好在狗吠了几声，不叫了。此刻的月光，通过从窗户直射进来，正好映在床上，正好映在老魏隆起的额头上。寒露发现自己还是没一点睡意，继续胡思乱想，想到哪算哪。毫无疑问，魏明确实有钱，现如今跟他交往的，都是些有钱人。寒露觉得今天来的这位叫开餐馆的老板娘，一定也是非常有钱，要不然，怎么会有一个又年轻、又长得帅、长得像李连杰的小伙子做相好。

老魏每周给开餐馆的老板娘送鸡和鸡蛋，生意好时一周送两次，有时候要送三次。老板娘有两家连锁的餐馆，生意谈不上特别好，也不算太坏。通过老魏的描述，对老板娘和小男人小杨，寒露渐渐有所了解，首先是年龄，老板娘与寒露同年，眼见着也五十岁，小杨三十刚出头，与老板娘已混了好几年。

小杨原来是老板娘前夫亲侄女的男朋友，这关系有点乱，当初的情形，前夫的侄女与前婶婶仍然有来往，关系很好，经常带小杨到餐馆蹭饭。然后呢，两个人没完没了闹别扭，侄女千方百计地想甩掉这位男友。

再然后，婶婶就接管下来。侄女为这事，不仅没怪罪前婶婶，反而非常感谢，只有这样，才能彻底摆脱这个没心没肺的小杨。

小杨显然缺心眼，除了长得帅气，一身坏毛病。上过一所最蹩脚的大学，大专性质，最后还没毕业，高中开始，基本上都在玩游戏机。女朋友不停地换，换过好多个，不是不要人家，是人家受不了他。对有什么样的女朋友，他也不挑剔，有就行，管吃喝就好，有地方住更妙。反正没生活来源，离婚的爹妈根本不管他，也没办法管，小杨天生吃软饭的命，天生要依靠女性，一旦有女人接手，便会死心塌地赖上人家。

接下来半年，老板娘和小杨的八卦，通过老魏的嘴，不断传进寒露耳朵，真真假假，听着都不太靠谱。吵吵闹闹分分合合，两人没消停过。老魏的故事来源也十分可疑，有的是从老板娘的伙计那里打听，有的是老板娘亲口说的，还有的来自魏明。有一阵子，小杨竟然玩起失踪，与餐馆一位女员工私奔了。

老魏说："老板娘为这事气疯了，真的气疯了。"

寒露说："你不就是跑个腿，送个鸡和鸡蛋，怎么会知道那么多的事？"

想象着老板娘生气的样子，寒露有点幸灾乐祸。

出于好奇，她很想知道这些八卦故事，然而又想不太明白，为什么老板娘什么话都对老魏说，他凭什么会知道这么多，了解得这么详细。寒露知道老魏一向喜欢吹牛，喜欢添油加醋，他总是能找到各种推脱之辞，说这些话也不完全来自老板娘，许多是魏明说的，是他告诉他的。说着说着，老魏难免得意，得意了就会忘形，好像人家老板娘马上就要看上他似的。

寒露说你也不要太得意，凭你长得那样，年轻时还说得过去，现在做小白脸，恐怕也不行了。老魏就叹气，说这都是在想什么呢，脑子里进了水是不是，我跟你说，老板娘有老板娘的打算，你知道她是怎么说，她想把魏明的这个鸡场，给盘下来，人家是想接手我们这鸡场。

老魏告诉寒露，老板娘想买下鸡场，魏明也打算把鸡场卖了，背地里已商量过很多次。

寒露想不明白："魏明干吗要把鸡场卖了？"

老魏说："肯定是不赚钱，你想魏明这家伙多精，他要是赚钱，能卖吗？"

"不赚钱，干吗还要接手？"

"有钱人的事，我们怎么搞得清楚。"

老魏告诉寒露，老板娘表过态，说魏明给他们夫妇的钱太少了，就他妈那么一点工资，说不过去，她要是真接手，肯定会给他们涨工资。

过了没多久，与人私奔的那个小杨，又回到老板娘身边。这中间究竟发生了什么故事，为何私奔，私奔去了哪里，后来为什么又回来，情节有点曲折，出乎意料，又在预料之中，无非是人跑了，最后人又回来了。老板娘好一顿当众痛骂，那小杨脸皮也厚，是真的厚，骂就骂吧，俗话说打是疼，骂是爱，对于老板娘来说，人回来就好，小杨能乖乖地回到自己身边，说明他还是离开不了她。

老板娘对小杨说："你要是真有点骨气，有点出息，就不应该回来。"

寒露觉得这话很有道理，男人嘛，总得有点骨气，总得像个男人。小杨只要还是个男人，只要还有点出息，就不应该再回来。这种小白脸，真为男人丢脸。老魏与寒露的看法不同，说时代早就不一样，丢什么脸，有口现成的饭吃，有他妈的有钱的女人养着，又有什么不好。老板娘养小白脸，跟男人当了老板，有钱玩小姑娘，还不是一回事。

"不是一回事。"

"怎么不是一回事？"

"当然不是一回事。"

寒露嘴上不赞同，心里也部分认同。有钱能使鬼推磨，有钱就可以任性，有钱才可以任性，有了钱，才能想做什么，就做什么。不管怎么说，寒露还是不喜欢这位老板娘，女人如果都像她那样，不对，不应该像她那样。究竟怎么不对，究竟应该怎么样，寒露说不清楚。

老板娘与小杨的故事，都是道听途说。寒露只见过一次面，只是在来的时候，远远地听他们说过几句话，她甚至都没亲眼见到他们打情骂俏。所有信息都来自老魏，老魏说他们这样，老魏说他们那样。鸡场生活很单调，每天工作差不多，不断重复。寒露夫妇也没别的话题可聊，她不得不承认自己确实很乐意知道这些八卦，那期间只要去送货，寒露就会想，等老魏回来，不知道又会怎么吹牛。他肯定又会说好多话，有一天，老魏告诉寒露，说老板娘要来鸡场，要过来再看一次，认真地考察一下。

寒露有些吃惊："她真的要来？"

"那还能假，"老魏一脸得意，"当然真的要来，人家都跟我说过好几次。"

寒露还是不太相信，说："魏明真会把鸡场卖了？"

有一段日子，鸡场好像马上就要易主。寒露也不知道究竟是好事，还是坏事。问过老魏，真要是这样，他们应该怎么办。老魏说这还不简单，给谁干都是打工，挣谁的钱都是钱。人家老板娘早许诺过，鸡场盘下来，绝对会给他们夫妇涨薪水，魏明给的工资太低了，不像话，太不像话。

然而这事没下文，一直都是老魏在说。老板娘最后也没来鸡场，她再也没有出现过，老魏从趾高气扬，渐渐变得垂头丧气。再往后，连鸡和蛋也不要老魏送了，老板娘和小杨的故事，从此告一段落，不再有后续。寒露知道老魏说话一向都含有水分，他的话从来不能当真。鸡场要易主，要涨薪水，到底有几分真，有几分假，就像老板娘和小杨的故事一样，只有老魏自己心里明白。

魏明也很少带人过来，说是经济开始不景气，生意不好做。老魏几次想在电话里提涨工资，话到嘴边，开不了口，因为魏明几次先表态，鸡场不想再办下去，不赚钱。不提涨工资又心有不甘，便跟寒露抱怨，说过去这些年，魏明这狗日的心太黑，给他们夫妇开的工资太低了，完全是杀熟，是剥削自己人。老魏让寒露跟魏明开口,说你一个女人家说话,他不太好意思拒绝,他没理由不答应,你就跟他说,他要是不给我们涨,我们就不给他干了,我们不干了。

寒露说:"你这话当真?"

"当然当真。"

"我们能干什么?"

"谁知道干什么,你不管,先这么跟魏明说了再说,你先说。"

有一天正吃着饭,魏明来电话,说过几天要带人过来钓鱼,让老魏先做点准备,老魏一边接电话,一边对寒露做手势,使眼色,对着手中的电话喊了一句,说对了魏总,我们家寒露一直有话要跟你魏总说,我让她跟你说。说着,把电话硬塞到寒露手里,她想不跟魏明说话都不行。

"魏总是这样——"

寒露一时语塞,不知道怎么说下去。多少年来,老魏人前背后说起魏明,都是大大咧咧直呼其名。现在他突然喊起了"魏总",寒露听着十分别扭,却也跟着情不自禁突然改口,喊了以后,自己都觉得奇怪,如果早点改口,或许就不会这么不自然。

在电话那头,魏明的声音显得很和蔼:"三嫂找我有什么事?"

"我我,是这样,启新让我跟魏——总说,他不好意思,非要让我说,他说——"

魏明说有什么话,三嫂你尽管说。寒露无路可退,干脆实话实说,一口气把要说的,毫无遮拦都说了。魏明听罢,想了一会儿,说三嫂这么跟我说,我也只能实话实回,不怕你三嫂不高兴,老实说这个鸡场,我是真想关了,早就想不再玩,真不想继续开下去。为什么还留着呢,也是为了你三嫂,就是为了你三嫂,是看在你三嫂的面子上。不相信的话,你问问启新,你问问他,我是不是就这么跟他说的。今天既然把话说开,大家都挑明了,那么最好,鸡场我肯定不打算开了,三嫂和启新现在要走的话,我马上就可以找人顶替,就这样。

寒露顿时无话可接,接不下去,不知道再说什么,只能木木地回一句:

"那——好——"

魏明将电话挂了,寒露没想到这样,没想到会一口回绝,没想到电话就这么挂了。或许也曾想过他会不答应,只是没想到这样决绝,一点面子都不给。过去这些年,他们夫妇一直跟着魏明干,死心塌地,虽然是老板和伙计,大家关系客客气气,从没拉下过脸,尤其是对寒露，魏明始终很恭敬，非常谦和，没用这种不能商量的语气说过话。

电话挂了，老魏在一旁着急，明知故问，问魏明怎么说。寒露说，怎么说，你不都听到了。寒露与魏明通话，老魏把耳朵贴了过来，一直在偷听。魏明说的话，他听得清清楚楚。接下来大家无语，不知道怎么说，不知道说什么好。过了一会儿，寒露说，要不我们还是回到乡下去，先回去，再慢慢想办法。

老魏重重地叹了一口气："怎么想办法，你倒是说得轻巧！"

老魏接着又埋怨，说："你就不应该对他说'那好'，好什么，这样一来，一点退路都没有。"

寒露没想到老魏会埋怨自己，此后几天，魏明没带人来钓鱼，也没打电话。事情就这么僵持，不了了之。老魏唉声叹气，连话都不肯跟寒露说。寒露有点忐忑不安，知道出了问题，不知道自己错在哪。接下来该怎么办呢，老魏一直坐门口发呆，什么活都不做。他平常也不做什么事，鸡场的里里外外，大多数活都寒露一个女人在干，可现在情况已经不一样。

过一个星期，老魏拿着一把很久不用的砍刀，到山上砍了一捆捆细竹竿，十分吃力地弄回来，说要把鸡棚收拾一下，要把鸡棚架到树上去。寒露不明白为什么，老魏解释说，鸡往树上飞，这等于增加运动量，它们要用劲扇动翅膀，才能飞上去。

寒露还是不太明白，老魏继续解释，说我给魏总打过电话，告诉他我们养的这些鸡，要想卖好价钱，就要像真的跑山鸡，不光要跑来跑去，还要飞来飞去，要让它们充分运动。

寒露十分吃惊，瞪大眼睛看老魏："你给魏明打过电话？"

问得多余，老魏已经说自己打过电话。

"他怎么说，怎么跟你说的。"

老魏怔了一下，蔫头耷脑地回了一句："也没说什么，就说了一个字，'好'。"

二〇一九年三月十九日　三汊河

吴菲和吴芳姨妈

杨小玲九岁，父亲带她到南京见过一次吴菲和吴芳姨妈。当时正"文化大革命"，林彪的一号命令刚下达，到处都挖防空洞，南京城很混乱。父亲跟人借了一辆自行车，驮着杨小玲先去吴芳姨妈家，然后又去吴菲姨妈家。

杨小玲印象中，四十岁的吴菲和吴芳姨妈，仿佛同一个人。长得太像，离开这个姨妈到那个姨妈家，杨小玲被双胞胎姨妈的相似程度，惊得目瞪口呆。天呀，怎么会这么一模一样，外表衣着，脸部表情，说话声音，根本没差别。

两位姨妈都没留吃饭，也不沏茶，结果父女俩只好商店里买两个油球充饥。南京特有的一种食物，很像一个握起来的拳头，有豆沙馅，用油炸过，非常管饱。杨小玲母亲为此一直耿耿于怀，自己丈夫带着女儿辛辛苦苦，大老远去送虾籽鲞鱼，吴菲和吴芳姨妈也太不拿别人不当外人，太不讲客套，她们表现得太冷淡。

虾籽鲞鱼是苏州特产，杨小玲清楚地记得，外婆专门去酱菜店讨了干荷叶，用纸绳子细心包扎。外婆说，她两个侄女和她哥哥一样，最喜欢吃采芝斋的虾籽鲞鱼。外婆是吴菲和吴芳姨妈的嫡亲姑妈，杨小玲母亲与双胞胎姨妈是表姐妹，年纪差不多，童年和少年都是在四川成都度过。那时候正好抗战，她们一起在池塘里游泳，一起叫喊着跑空袭警报，一起钻防空洞，一起学骑自行车。

杨小玲外公与双胞胎姨妈的父亲，也就是杨小玲的舅公是同事，都是农民银行职员。说起来应该比较亲近，尤其在四川的那段日子，两家就隔着一堵墙。杨小玲母亲与吴菲和吴芳是同学，先在同一个小学，后来又同一个中学。三人有过一张穿童子军校服的合影，有人说她们长得像三胞胎。

自从杨小玲父女在南京遭遇了冷淡，杨小玲母亲便不太愿意在女儿面前提起这两位姨妈。外婆有时候还会念叨几句，说双胞胎侄女打小就一直闹别扭，自从出生，一直在互相捣蛋。

"我嫂子那时候真不容易，俩双胞胎就没办法喂奶，喂这个，那个拼命哭，喂那个，这个又像要杀了她一样，一个劲地死号，索性都不喂，倒也就太平老实了。"

外婆的描述中，杨小玲有个印象特别深刻，吴菲和吴芳姨妈永远在闹别扭，一别扭就互相不说话，父母关照什么事，让这位喊那位吃饭，让那位喊这位做功课，其中一个便会以"我现在不跟她说话"为理由，予以拒绝。杨小玲的舅公和舅婆因此很生气，生气也没用，双胞胎脾气都倔，都不怕挨骂，宁愿挨打，也绝不让步，不说话就是不说话，坚决不说。

当时的农民银行职员中，还有一家也有双胞胎，那家是俩男孩子，平时也吵闹，也打架，不过兄弟姐妹有矛盾，他们通常会站在一边，一致对外。外婆说她哥哥家的问题是孩子太少，还有个弟弟，老实巴交总被两位姐姐欺负。外婆的哥哥喜欢女孩子，吴菲和吴芳姨妈自小就被宠得不行。

外婆说来说去，必定要表达这样一层意思：

"我这俩宝贝侄女，天生一对冤家。"

吴菲和吴芳姨妈属于那种极其相似的孪生姐妹，为了有点区别，父母故意不让她们穿一样的衣服，穿不一样的鞋，甚至留不一样的头发，可是这都没用，她们不仅长得太像,关键是神态也没区别。实在太相似了,不要说别人会弄错,就连她们的父母,她们的弟弟,也经常被弄迷糊。

杨小玲母亲开始上中学,她与吴芳一个班,吴菲在另一个班。初二的时候,比她们高一级的初三(2)班,有位大官僚的公子哥叫姚谦,他有辆老牌的英国凤头牌自行车,天天骑车来上学。姚谦父亲不仅是国民政府的高官,而且是农民银行的监察和董事,杨小玲外公和舅公的上司。杨小玲舅公是银行的处长,有一天,他做东请这位上司一家吃饭,杨小玲外公作陪。姚谦也跟着父亲来了,大人们在一起说话,他便在门前的小操场上教三个女孩子骑车。

杨小玲母亲学得最快,她很快学会了骑自行车,学得最慢的是吴菲。那一阵为学习骑自行车,三个女孩经常与姚谦在一起。姚谦也喜欢跟她们玩,一有时间,便会主动过来找她们。吴菲和吴芳都觉得姚谦这个大男孩挺可爱,都觉得他有点喜欢自己,在姚谦面前都是尽量保持克制,姐妹俩平时一碰就吵架,就相互不说话,只有在那段时间,才很难得地和平相处。姚谦确实也喜欢她们,双胞胎姐妹很漂亮,长得又是那么相像,很难分清楚,他弄不太明白自己到底是喜欢谁。

吴菲和吴芳姨妈和平相处的时间并不长久，很快又出现裂痕。国庆节放假，姚谦和大家约好，到时候一起去学校操场上练习自行车。没想到本来说好上午来，结果有事耽误，拖到下午才过来。他来的时候，吴菲正好在杨小玲母亲家玩，姚谦来了，先解释自己上午为什么不能赴约，又喊她们一起去骑车，并且问吴芳到哪去了。吴菲随口来了一句，说吴芳肚子疼，在家睡觉呢。

于是就三个人一起去骑自行车，没喊吴芳，姚谦也没多想，没想到吴芳会很生气，会因此非常生气。事实上，吴芳此时正待在家里看书，看法国作家纪德的小说《田园交响曲》。她并没觉得这本小说有多好看，只是觉得无聊，只是因为语文老师说纪德是一位非常好的法国作家，比巴尔扎克还好。

吴芳没想到姚谦会不喊她，没想到事情会这样。其实他推着自行车过来，吴芳已看见他往姑姑家那边去了，看见他进了杨小玲母亲家。出于女孩子的矜持，吴芳没好意思主动迎出来，毕竟她们家与姑姑家只隔着一堵墙。她相信，如果要出去骑自行车，姚谦一定会喊她一声，会喊她一起去。她甚至能够听见姑姑家那面隐隐的说话声，只是听不清在说什么。后来声音没有了，吴芳看见他们走了出来,也没喊她,竟然是径直走了。

这件事情弄得三个女孩子鸡飞狗跳,等到吴芳清醒过来,人家压根没准备喊她,压根不打算喊她,她后悔已经来不及。眼看着他们越走越远,吴芳开始生气,生了一会儿气,她决定去学校找他们,她决定要问问姚谦,问问明白,为什么他不喊上自己,为什么就这么走了。结果到学校门口,她改变了主意,学校并没有围墙,远远地,她看见杨小玲母亲正在操场上骑自行车兜圈子,吴菲和姚谦则坐在双杠上说话,一边说,一边笑。

杨小玲母亲后来只不过是实话实说——吴芳质问她,你们为什么不喊上我,她如实地告诉吴芳,是吴菲说她肚子疼。吴芳立刻咬牙切齿,立刻暴跳如雷,立刻明白是吴菲在暗中捣鬼。双胞胎姐妹终于为此大吵了一场,很长时间又是不再说话,又变成了仇敌。杨小玲母亲还把吴菲也给得罪了,吴菲觉得她不应该从中做小人,挑拨是非,不应该在中间传话。

吴菲说:"你明知道吴芳她气量小,为什么还要把这话告诉她?"

"这话本来就是你说的,"杨小玲母亲十分委屈,也开始较真,"你说吴芳的肚子疼,说得跟真的一样,我妈和姚谦都听见了。"

多少年以后,杨小玲母亲告诉杨小玲,当时她已意识到吴菲姐妹都喜欢姚谦。毫无疑问,吴菲和吴芳姨妈爱上了姚谦,她们为了他争风吃醋。姚谦是个很讨女孩子喜欢的大男孩,个子高高的,很结实,很英俊,皮肤也白。杨小玲曾经问她母亲,你是不是和两位姨妈一样,也有点喜欢这个叫姚谦的男人,杨小玲母亲顿时脸红了,红得很厉害,说我没有,真没有,我那时候什么都不懂。杨小玲笑着说,喜欢不喜欢一个人,这跟懂不懂没关系,该喜欢就是喜欢,你用不着不好意思。

姚谦很快就报名去军校当兵,那时候,抗战都快结束,前方战事依然很吃紧。他毕竟是个热血青年,家里想阻拦,也拦不住。在军校读书,还没毕业,没来得及上前线,抗战突然胜利了。

大后方难民开始返回当时的首都南京,杨小玲母亲一家是坐船回来,那船很慢,前后走了差不多一个月时间。吴菲和吴芳姨妈家先走了一步,与姚谦一家坐着财政部包机返回南京,他们的父亲公务在身,要赶往南京接管汪伪的中央储备银行。

姚谦不久也转了学校,进了中央大学历史系,像他这种官僚子弟，自然想去哪就去哪。再后来，他变成了进步青年，两位姨妈也开始上大学，也思想进步。吴菲读的是金陵大学，学医，吴芳是金陵女子学院，学习家政。有一段时候，姚谦和共产党的地下组织走得很近，不止一次差点被抓。他是公子哥，仗着有背景有后台，平时大大咧咧，有点玩世不恭，父母和官家都拿他没办法。

刚回南京，姚谦与吴菲姐妹还有来往，渐渐地就不怎么见面。国民政府迁去台湾前，他带着自己女友去吴菲姐妹家做过一次客。姚谦的女友也是一名国民政府高级官员子女，也是进步青年，跟共产党走得更近，已经是一名地下党员。她显然没有吴菲姐妹漂亮，性格很开朗，说话同样大大咧咧，大家一起聊天，百无禁忌，立刻就熟悉起来。

女友说："我听姚谦说过，他说你们姐妹，都喜欢跟他玩，老是为了他吵架。"

姚谦连忙解释，说："不，不是这样，应该说是我喜欢跟她们玩。"

"就是你说的，你还说她们喜欢你，你就是这样说的。"

女友不肯放过姚谦，笑着继续出卖他，继续拿他开涮。这时候,吴菲姐妹也难得保持一致,异口同声地要姚谦老实交代,必须老实交代,他是不是真喜欢过她们。姚谦被逼得没有退路,只好承认自己确实是喜欢过她们。都这么说了,大家还是不肯放过他,还要继续逼,非要他说出双胞胎姐妹中,到底是喜欢哪一个,是吴菲,还是吴芳。

姚谦真的是被逼急了,最后只能对女友说一句老实话:

"她们两个长得太像了,我是真分辨不出来。"

这以后,姚谦的全家去了台湾,只有他没走,留在了大陆。人民解放军进入南京,姚谦参军,随军继续南下,去了福建。再以后,参加抗美援朝,赴朝作战,在第四次战役中失踪,被列入了阵亡者名单。由于在大陆没别的亲属,烈士证书便寄到了那位女友手里。消息传开,吴菲正好刚结婚,正好是在蜜月里,这消息让她大吃一惊。因为有了那张烈士证书,所有的人都对姚谦的牺牲深信不疑。

姚谦的女友几年后,才和一位转业的志愿军军官结婚。为此她一直很内疚,觉得姚谦当初是为了自己,才选择了留在南京,参军也是因为得到了她的鼓励。如果他不选择留下来,如果不是为了积极向上,为了进步，他可能就不会牺牲在朝鲜战场上。一九五七年"大鸣大放"，姚谦的这位女友心直口快，发表了不当言论，被打成右派，下放劳改，死不悔改，最终在"文化大革命"中自杀。她的老父亲没有追随国民党去台湾，作为前政府的一名高官，一位著名的民主人士，一直享受副省级待遇，女儿的事让他非常伤心，又无可奈何，就在女儿遭遇不幸的第二年，一场并不严重的伤风感冒，夺走了他的生命。

出乎大家意料，姚谦并没有死，并没有牺牲在朝鲜战场上。三十多年后，一九八五年秋天，他又一次神气活现地出现在南京城里。这时候，他的身份是一名侨居巴黎的爱国华侨，来到这个城市是考察投资，已经去过上海北京，去过深圳广州，最终还是选择了南京。姚谦住进了金陵饭店，这个饭店在当时赫赫有名，颇有几分神秘色彩，有着国内第一高楼之美誉，衣冠不整恕不接待，住宿要花九十美元一晚，只能使用外币兑换券。他不仅住在这里，还在顶层的璇宫，宴请了吴菲姐妹。

真相一点都不复杂，在当年的战场上，姚谦所在的部队全军覆没，很多人牺牲了，活着的都成了俘虏。他被送进了战俘营，战后，姚谦选择了去台湾，原因很简单,身边很多人都做了这样的选择。当时大家传言,说他们既然选择了放下武器,选择了投降,就算是能够回到大陆,政府也不会欢迎他们,很可能会追究他们的叛变投敌。

姚谦到了台湾,欢迎他们的竟然是掌声,是夹道欢迎。大多数战俘被留在军方继续服役,特殊的家庭背景,让姚谦有机会选择再次读书。他又一次和家人团聚,并且选择了到美国去读书,大学毕业,他没有回台湾,而是成为台湾地区驻法国的工作人员。工作了没几年,中国大陆和法国建交,法国人翻脸不认人,立刻就要赶他们走,他们不肯离开大使馆,结果竟然被法国的警察强行驱逐出大使馆,当时的场面真是狼狈不堪。

这以后,姚谦选择了经商,赚了不少钱。他成了一名不折不扣的商人,在商场上跌宕起伏几十年,终于事业有成,家庭幸福美满。这一切可以说是始料不及,姚谦给吴菲和吴芳姨妈看自己与妻子的合影,看他子女的照片。这是一次非常难得的聚会,两位姨妈已很多年不来往。吴芳问他知道不知道前女友的事,知道不知道这个不幸的女人,已经在"文化大革命"中自杀了,姚谦听了,怔了一下,叹了口气说:

"我在台湾听说过这事,没想到会是真的。"

姚谦显然知道这件事,显然对这个话题不想多说,不仅不想说前女友,对怀旧也毫无兴趣。吴菲姐妹提到了杨小玲母亲,问他还能不能记得当年大家一起骑自行车,姚谦又是一怔,想了一会儿,淡淡地来了一句:

"当然记得,那个女孩叫什么的,我记得她家就在你们家隔壁。"

吴芳丈夫钱先生最初是吴菲的男友,也曾经是吴菲的同事。吴芳大学毕业,先在民政局找了一份工作。吴菲带着自己同学兼男友钱先生回家见父母,这个钱先生是内科医生,来了就过问杨小玲舅婆的老慢支,就给老人治病,深得老太太喜欢。

钱先生成了吴家的女婿,他怎么就从吴菲姨妈男友,变成吴芳姨妈丈夫,说起来太过传奇。然而这个故事从杨小玲母亲嘴里说出来,并不会觉得稀奇古怪。说到这儿,必须解释一下,杨小玲母亲就是我的老岳母。真也好,假也罢,事实上,我对吴菲和吴芳两位姨妈的最初印象,也正是从姐妹易嫁开始。说起来,非常像三流小说中的情节,可惜这个离奇故事,经过我老岳母的叙述,一点也不复杂,一点也不精彩。

"她们一辈子都在争吵,都在争,只要是个东西,不管好坏,总是要争的,什么都争,她们两个争男朋友,很正常。"

自从杨小玲成为我的妻子,两位姨妈的故事,开始陆续传进我耳朵。按照老岳母的说法,她们一生都在和对方过不去,从小开始夺食物,争夺父母宠爱,争夺别人关注,争夺男孩子。"文化大革命"中,吴芳学校的造反派,到吴菲所在的工厂医务室搞外调,吴菲竟然检举说,吴芳在解放前的思想,根本就不能算进步,甚至还可以说有一点反动。吴芳当时被打成了"现行反革命",她的所谓严重罪行,其中有一部分,就是吴菲提供。

一九四九年以后,杨小玲家与吴菲和吴芳姨妈来往越来越少。最重要原因,杨家离开南京去了老家苏州。次要原因,杨小玲外婆过世了,大家在感情上变得可有可无,若即若离,也不太想主动联系。杨小玲父女送虾籽鲞鱼遭到冷遇,给了杨家一个很好的借口,杨小玲外婆在世,还会念叨哥哥嫂嫂,念叨她的两个双胞胎侄女,可是杨小玲母亲在心里却始终有疙瘩,一直不肯原谅,她不能原谅她们那样对待自己丈夫和女儿。觉得不应该这样看不起人,吴家一直都比杨家更有钱,杨小玲舅婆比较小气，不仅小气，而且多疑，两家交往中，都是杨小玲外婆在给吴家送东西，买这买那，讨好吴家姐妹，来而不往非礼也。

杨小玲受母亲影响，对两位姨妈印象十分模糊，唯一印象就是那次送虾籽鲞鱼，两位姨妈太像了，仿佛一个模子制造出来。她并不觉得当年的冷遇有多严重，也不明白自己母亲为什么那么在乎。因为实在是不了解，知道得太少，杨小玲说起两位姨妈更不靠谱，她对她们的叙述，来龙去脉都是乱的：

"钱先生是吴菲姨妈的男友，后来成了吴芳姨妈的老公。"

"吴芳姨妈退休前，在一个中学当副校长。"

"吴菲姨妈的工厂很大，有幼儿园，有电影院，有游泳池，是个军工厂。"

"吴菲和吴芳姨妈平时根本就不来往……"

杨小玲从苏州调来南京定居，我们有了孩子，几次搬家，曾经有一段时间，住的地方就在吴芳姨妈的学校对面。她跟我说起过这对双胞胎姨妈，也是说说而已。那时候，吴芳姨妈很可能已经从这所中学退休，即使没退休，我们也没打算主动去找。进入新世纪，女儿已考上大学，非常偶然的机会，我们发现女儿中学的物理老师，竟然是吴芳姨妈的女儿钱红梅。

于是开始叙旧，套近乎，你来我往互通情报，一些原本很模糊的事，连不起来的琐碎细节，渐渐有了头绪，变得清晰。说起来，杨小玲母亲，也就是我老岳母，与吴菲和吴芳姨妈还算是比较亲，她们是姑表姐妹，到杨小玲和钱红梅这一代，显然要更远一层。然而因为女儿在钱红梅所在的学校读过书，一下子就变得亲近起来。杨小玲觉得太可惜，女儿都已经考完大学，这一层亲戚关系才被发现。

钱红梅离过婚，没孩子，快五十岁，突然下决心要嫁到法国去。说起来足够荒唐，荒唐得让人难以置信。她突然辞了职，嫁了一个很有钱的老头，这个老头就是已快八十岁的姚谦。姚谦晚年定居法国，三年前，他的太太死了，儿女都没时间管他，现在很需要一个人照顾，结果就选择了钱红梅。钱红梅脑袋一热，居然也答应了，为这事，吴芳姨妈一度气得要和女儿断绝关系。

杨小玲去法国旅游，曾在钱红梅家住过一晚。一转眼，钱红梅在法国也待了好几年，风烛残年的姚谦，这时候完全离不开钱红梅，好在家里还有一名越南女佣，帮着一起料理。虽然只是住一晚上，她们聊了许多私房话，互通了太多情报。杨小玲告诉钱红梅，自己九岁时如何去她家送鲞鱼，怎么被她母亲和吴菲姨妈的长相所震撼，说自己母亲为了两位姨妈不管饭，如何耿耿于怀。

钱红梅则说自己也是到读中学，才第一次知道还有个双胞胎姨妈。她说我当时的那个感觉，肯定要比你更震撼，等于是突然发现自己还有一个妈，她们确实太像了，什么都像，你想想，这有多吓人。钱红梅告诉杨小玲，后来又发现了更吓人的事，她发现父亲钱先生竟然是吴菲姨妈的前男友。有一天，吴芳姨妈与钱先生急眼了，气急败坏，恶狠狠地来了一句：

"这么多年了，你心里是不是一直放不下吴菲！"

钱先生也急了，说："你别瞎说。"

吴芳说："我瞎说什么，我是不是瞎说，你自己心里明白。"

钱红梅说她在一开始，并不明白这段对话的潜台词。那时候她刚上大学，刚谈恋爱，一直只是把这事埋在心里。直到自己离了婚，终于有机会与钱先生讨论这事。钱红梅直截了当，说爸你就跟我说真话，你们真的谈过恋爱吗。钱先生没有否认，钱先生说，他确实犯过糊涂，不过和你妈以后，我确实是只喜欢你妈一个人。

钱红梅问他跟吴菲姨妈有没有过什么亲密接触，有没有那个。钱先生赌咒发誓，说拉手什么的有过，搂搂抱抱也有过，其他绝对没有。

钱先生说："我们那年代的人，纯洁得很。"

"那你怎么把我妈弄到手的。"

钱先生没有如实回答，话题扯开了，只承认这么一个事实，他当初确实被钱红梅她妈挖了墙脚。

说起吴菲和吴芳姨妈，相对更熟悉的是吴菲姨妈。这和钱红梅的千叮万嘱有关，多少年来，我们与两位姨妈一直没有联系。自从杨小玲与钱红梅在法国巴黎的那次长谈，无形中多了一件事，逢年过节，杨小玲总会拉我一起去养老院看望吴菲姨妈。杨小玲说，既然答应了钱红梅，我就应该说话算话。

吴菲姨妈在养老院已住了很多年，与钱红梅一样，也是结过婚，没孩子，然后又离了。与吴芳姨妈相比，她的一生似乎要更孤独一些。钱红梅告诉杨小玲，自从嫁到巴黎，寂寞时常会想到这位姨妈，吴菲姨妈就像是她母亲的影子，或者说更像她钱红梅，注定会成为孤魂野鬼：

"我妈还有我爸，还有我，吴菲姨妈呢，她什么都没有。"

钱红梅说自己每次回国,都会去看望吴菲姨妈,就算是人在法国,也时不时会跟她通个电话。不管怎么说,吴菲和吴芳姨妈都不应该这样,她们血脉相连,不应该这样一辈子敌对。她告诉杨小玲,她母亲患过癌症,是淋巴癌,一直是病歪歪的,有一段时间,她特别担心自己母亲会不久人世。钱红梅属于那种什么话都能说出口的人,什么话都敢说,她说我妈要是真没了,我就把我爸也送到养老院去,让他和吴菲姨妈在一起,让他们两个老情人鸳梦重温。

钱红梅希望杨小玲能代替她,经常去看一眼这位孤独的吴菲姨妈。她告诉杨小玲,吴菲姨妈的性格跟她妈一样古怪,一开始,她并不容易亲近,显然不太喜欢钱红梅,但是渐渐地,就把她看作是自己女儿。吴菲姨妈曾经告诉钱红梅,有时候她也觉得自己跟吴芳姨妈就好像是同一个人,吴芳做过的事,她同样也会去做。如果钱先生当年是吴芳的男友,她很可能一样也会去挖墙脚,也会把他夺过来占为己有。吴菲姨妈说你爸算不上什么优秀男人,他和姚谦不一样,当初我们根本不值得为了他争来争去。

吴菲姨妈走得很突然,大家都没想到先走的会是她，我们在养老院留了电话号码，因此报丧电话是直接打给杨小玲。然后就是杨小玲和钱红梅互相通电话，你打过来，我打过去，商量这商量那，没完没了。好在有互联网，电话沟通也方便。跟养老院讨论，商量处理后事，什么样的规格，大概花多少钱。很快一切安排妥当，这期间，又商量如何通知钱红梅父母，钱红梅说，她一定要说服他们去见吴菲姨妈最后一面。

终于在电话里都谈清楚，养老院那边负责一条龙服务，布置灵堂，安排花篮花圈，举行告别仪式，最后送火葬场。钱红梅显然不能从巴黎赶过来，因为那边姚谦的状况也很不妙，随时都可能出现大问题。好在钱红梅的父母也搞定了，钱红梅已经做好思想工作，我们要做的，就是开车去接吴芳姨妈和钱先生，陪他们一起去养老院。

吴菲姨妈躺在鲜花丛中，告别仪式开始前，吴芳姨妈和钱先生在灵堂休息。杨小玲有不少事急着处理，我便在灵堂陪他们。吴芳姨妈很少说话，一直在沉默，钱先生时不时找话跟我聊天，知道我是位作家，问最近在写什么，有没有作品被改编成影视，说最近正热播的一部电视剧很好看。吴菲姨妈没别的亲人，过来告别送终的只有我们。对了，还有吴菲姨妈单位的工会代表，过来看了一眼，匆匆留点钱就走了。

当时最奇怪的感觉，有点不知所措，我突然明白九岁的杨小玲初次见到两位姨妈时的感受，她们到了生命的尽头，虽然穿的衣服不一样，仍然还是那样相像，太像了，仍然还是像一个人。这种感觉真是太奇特，我一边喝水，一边坐在那儿与吴芳姨妈和钱先生敷衍，脑海里胡思乱想。细思恐极，因为太像，面前的这位姨妈，仿佛是另一位姨妈正在从鲜花丛中走了出来。告别仪式终于开始，养老院中平时与吴菲姨妈有交往的老人，医生，护士和护工，都来了，有的还坐着轮椅，他们都是第一次见到吴芳姨妈，都忍不住要偷眼看她。

告别仪式结束，吴菲姨妈的尸体被送往火葬场。整个过程都被杨小玲用手机拍摄下来，准备发给钱红梅。接下来送吴芳姨妈和钱先生回家，一路上，大家有一句没一句地说话。杨小玲在开车，跟他们聊钱红梅，说她们在巴黎的交往。吴芳姨妈害怕晕车，坐在前排，对杨小玲的话不感兴趣。快到目的地，吴芳姨妈突然回过头，质问坐在后排的钱先生，她说我一直都在想，都在琢磨，当初我们要是没走到一起，会怎么样，要是你和吴菲在一起，又会怎么样。

吴芳姨妈说:"今天躺那儿的,很可能就应该是我,老钱你说对不对,是不是这样?"

钱先生没想到她会这样问,一时间,也不知道应该如何回答。

二〇一九年四月九日　三汊河

红灯记

1

新世纪第一个公休日,马铁梅与李忠胜结婚了。好事多磨,两人终于成婚,李忠胜大马铁梅十岁,结过一次婚,有个儿子,婚前约法三章,儿子归前妻,除了经济上往来,父子间再无任何关系。

李忠胜前妻是级别很高的干部子女,下嫁李忠胜,一直居高临下。也曾想维持婚姻,老公出轨,马铁梅的出现,让她很愤怒,更愤怒的是丈夫还选择了净身出户。老实巴交的李忠胜,离婚再婚都不容易,他人长得漂亮,长得很干净。其他也谈不上多出色,基本上是闷葫芦,话很少,平时为人十分虚心。有张普通的大学文凭,机关小公务员,谁跟他说话,都是认真倾听,从来不讨人嫌。男人能不讨人嫌,也不容易,马铁梅或许就因为这个,最后会喜欢他。

新房是马铁梅学校分配，房改已开始，最后一次福利分房。拿了钥匙，请人设计，装修，买材料，都马铁梅一手经办。择日子结婚，李忠胜不想大办，马铁梅也不想太热闹，没想到人数越聚越多，七大姑八大姨都来，索性大办一场。婚礼结束回新房，筋疲力尽。两人早就同居，早就领了结婚证，早就在新房里住下，没有了洞房花烛夜的新鲜劲，虽然累，好像都没什么困意。

马铁梅说："我们聊会天。"

马铁梅又说："跟你说说我母亲，说说我的亲生母亲。"

马铁梅亲生母亲叫曹迎霞，她的故事有好多版本，今天晚上意义有些特殊，李忠胜不知道马铁梅会跟自己说个什么样的故事。

2

从未见过曹迎霞，她的故事，早在一九七五年，已经听说过。那时候我高中毕业，进工厂当工人，经过半个月政治学习，分到机修车间，与马铁梅父亲马龙在一起。马龙师傅技术非常好，当时每个青年工人指定一位师傅，我的师傅姓庄，庄师傅很快成为车间主任，没工夫教徒弟，大多数时间，我跟在马龙后面干活，钳工技术很多都是跟他学的。

马龙妻子钱师傅是一车间磨工，操纵的那台磨床，是我们厂最值钱的一台机床。她徒弟小聂与我同时进厂，因为长得漂亮，比较引人注目。马龙和钱师傅有两个孩子，大的是即将上小学的马铁梅，小的是在托儿班的马建光。那时候还没实行独生子女政策，大多数工人都两个孩子，夫妻同一家工厂上班，经常一辆自行车鞍前马后驮着一家四口。马龙天天带俩孩子上下班，女儿坐前面车杠，钱师傅抱着儿子坐后面。

有一天骑车上班，钱师傅抱着还在喂奶的小儿子，十分焦急地站在路边，远远招手，让我顺便捎一程，驮她去厂里上班。说来可笑，钱师傅母子本来坐在自行车后面，马龙一路只顾与坐前面的女儿说笑，下坡时遇到路面上石头，颠了一下，身后老婆儿子被颠了下来，居然也没察觉。到厂大门口，才发现老婆儿子没了。那时候我刚进工厂，与钱师傅也太不熟悉，骑车技术又很一般，驮着钱师傅母子，心里始终在担心，害怕她抱着儿子摔下来。

钱师傅知道我害怕，一路都在安慰，她说：

"没事,你只管大胆地骑,我们掉不下来。"

好在离厂不太远,快到时,马龙神色紧张,正骑车过来迎接,连声向钱师傅说对不起。这件事一直是我们厂的一个笑话,搁别人身上可以原谅,马龙非常细心,他会这样糊涂,弄丢了老婆儿子,让大家难以置信。此后不久,又在车间见到他女儿马铁梅,这次印象比较深刻,之前都是偶遇,上下班路上,在厂门口。那天也不知道为什么,马铁梅出现在车间里,梳着一对小辫子,面对着马龙的工具箱,坐在一张凳子上,看小人书。

车间里的俞师傅与她打趣,问看什么书呢,看得那么认真,马铁梅瞪了瞪大眼睛,说就不告诉你,继续埋头看小人书。俞师傅笑了,说小丫头两个眼睛真是漂亮,太像曹迎霞了,跟曹迎霞一模一样。一旁的李师傅连忙阻止,说俞师傅你别瞎说,马龙不让说这个,他知道了要不高兴的,再说了,孩子还太小,有些事不该让她知道,知道了不好。

我不明白两位师傅在说什么,只是觉得好奇,觉得有些神秘,傻傻地问了一句:

"曹迎霞是谁?"

俞师傅和李师傅不说话,相互看了一眼,偷眼看正在读小人书的马铁梅。

俞师傅回过头，对我使了一个眼色，笑着说：

"曹迎霞是谁，以后再告诉你。"

李师傅再次阻拦，摇手让俞师傅不要往下说。俞师傅说她没说什么，李师傅说什么叫没说什么，你这样，等于已经是在说了。俞师傅说，什么叫等于已经在说了，你说我说什么啦，我什么都没说。这时候，马铁梅抬起头，看着我们，显然一直在偷听大家讲话。她的眼睛很大，炯炯有神，白了俞师傅一眼，又把头低了下去。

事实上，这也是我第一次听说曹迎霞。第一次知道马龙有个自杀而死的前妻，第一次知道马铁梅并不是钱师傅所生。"文化大革命"还没结束，接近尾声，当时没太往心上去，听了也就听了。二十多年后，我成为一名靠写作谋生的作家，有一天，突然接到马龙电话，问还能不能记得他，还能不能记得当年精工车间一起干活的马师傅。马龙说，你可能记不住了，那时候经常跟我屁股后面，你肯定已经忘记。

虽然很多年没通音信，马龙这电话，立刻让我想起当年情景，想起一起干活的各种往事，想起了钱师傅，想起了她徒弟厂花小聂，想起了俞师傅和李师傅经常拌嘴。光阴似箭，现如今，我所在的那家小厂早已不复存在，原址盖了豪华行政大楼，成为新的区政府所在地。蹉跎荏苒，世态炎凉，当年的工人们都已下岗，劳燕分飞自谋出路。马龙是在帮女儿跟我联系，他女儿马铁梅大学毕业，本市一家重点中学的语文老师，组织了一次作文比赛，希望我能出面担任评委。

马龙说，我女儿也喜欢写作，她很喜欢你的小说，希望你不要拒绝，一定要帮这个忙。碍于马龙情面，我不仅如他所愿，担任了作文比赛评委，还向熟悉的文学刊物，帮他女儿推荐了一组散文。马铁梅散文比较一般，就算推荐，也未必发表。不过有篇写她生母曹迎霞的散文，却让我从另一个角度，了解这位从未见过面的女人。

通过这篇散文，明白马龙为什么会给女儿取名"铁梅"。马铁梅生母曹迎霞在群众汇演中，扮演了《红灯记》里的李铁梅，今天的年轻人，不太明白什么叫革命样板戏，对于我们那一代人来说，《红灯记》的故事家喻户晓，耳熟能详。这是个非常浪漫的革命传奇，三位没血缘关系的人，组成了祖孙三代的红色家庭。回想当年，我会背诵其中的每一句台词，熟悉每一段唱腔，不仅仅是我，我的同龄人差不多都能这样。

因为扮演了李铁梅,所以会与扮演李玉和的马龙相恋。更为有趣的是,马铁梅继母钱师傅扮演了戏中的李奶奶。"文化大革命"很漫长,轰轰烈烈开始时,我未满十岁,十七岁进工厂,"文化大革命"还没结束。那时候,样板戏不再时髦,"文化大革命"初期的狂热和疯狂,发生在马铁梅父母那代人身上的往事,在我这年轻学徒工眼里,已成为旧闻。社会风气变了,处于相对平静之中,物质生活很贫乏,日子过得十分艰苦,马龙夫妇拖着两个孩子,赶来赶去匆匆忙忙。

无法想象老实巴交的马龙夫妇,就在几年前,会登台演出《红灯记》。说老实话,以我对他们的印象,总觉得不太可能。马龙和钱师傅都性格内相,平日少言寡语,很难想象他们会粉墨登场。然而在"文化大革命"初期,在那特定历史阶段,毫无疑问就是他们,还有那个叫曹迎霞的女人,一起穿着黄军装,加入红卫兵,呼风唤雨,成为不可一世的造反派,喊口号,贴大字报,携手走上舞台表演《红灯记》。

演好也罢,演不好也罢,事实就这样。马铁梅把父母的故事,把曹迎霞的事迹,描写得有点浪漫,或者说十分浪漫。毫无疑问,有时候我也喜欢这种加工,文学嘛,就是弄些这样那样的浪漫。与我一样,马铁梅也不太相信他们当年真会登台演戏,能够扮演顶天立地的英雄人物。平常生活中,马铁梅甚至都没听钱师傅哼过一嗓子,不过,她坚信曹迎霞很可能有这方面才华。马铁梅说她发现自己天生能唱卡拉OK,无论什么歌,只要跟着哼上几遍,就能唱出来,就能唱得非常不错。马铁梅相信,在唱歌的技能方面,她肯定遗传了母亲的基因。

3

虽然不曾见过面,自从曹迎霞这名字进了耳朵,在车间里,我不止一次听说她的故事。关于曹迎霞有各种版本,光是从俞师傅和李师傅嘴里说出来,就大相径庭,差得很远很远。首先当年为什么会演出《红灯记》,已经说不太清楚,究竟是演唱了一幕,还只是表演了几段唱腔。公说公有理,婆说婆有理,俞师傅喜欢说,说这样那样,李师傅喜欢纠正,说不是这样,不是那样。

我们这小厂由几个街道生产小组合并而成,俞师傅喜欢跟我讲述当年故事,说马龙和钱师傅都快结婚,就在节骨眼上,曹迎霞像颗闪亮的星星一样突然出现,在中间横插了一杠子,很快便和马龙搞上。俞师傅说起这段历史,总会忍不住感慨,说你想曹迎霞人长得漂亮,各方面条件都好,马龙他当然会更喜欢,哪个男人不喜欢漂亮女人,哪个男人经得起漂亮女人的死追活撵,男追女,十里路,女追男,一层布。曹迎霞真的是很漂亮,俞师傅觉得这选择题很简单,谁来做,答案都一样:

"面前搁两个女人,让你挑,当然选那漂亮的。"

李师傅与马龙和钱师傅来自同一生产小组,因此比俞师傅更有发言权。他也承认曹迎霞漂亮,承认马龙与钱师傅关系确实不错,不过算不算谈恋爱,说不清楚,更不能说快结婚。事实上,并没到那一步,马龙一直在追求钱师傅,这个大家都心知肚明。他家庭出身不好,父亲在汪伪时期有过污点,钱师傅家因此看不上马龙。马龙曾托人向钱师傅表达了爱慕,钱师傅本人处于两可之间,她父母则坚决反对,不同意女儿嫁给一个出身不好的男人。李师傅言辞凿凿,扔出了最具权威的证据,当年马龙就是通过他,向钱师傅表达了爱慕之心:

"跟你们说,这事我一清二楚,就是马龙他有意,小钱呢,心里模棱两可,她家拼命反对,别人可能不知道,我真是一清二楚。"

299

那年头，出身不好，并不妨碍参加造反派。马龙和钱师傅都是"屁派"，群众组织中的群众。南京的造反派分成两大派，一个是"好派"，一个是"屁派"。一个认定夺取走资本主义道路当权派的领导权好得很，一个认定这种夺权好个屁，为了好得很还是好个屁，吵得不亦乐乎，打得不可开交。

曹迎霞原来是机械局新分配去的技术员，是中专毕业，学习机械制图，在机械局没待多久，主动要求来我们厂，作为对新建小厂的支援。曹迎霞属于与"屁派"敌对的"好派"，一度还是"好派"组织中的小头目，她与"屁派"的马龙好上了，大家最初的感觉，是两个敌对阵营的人，在上演罗密欧与朱丽叶。"文化大革命"中有句时髦口号叫"抓革命，促生产"，派性斗争严重影响了生产，国民经济接近崩溃，为改变这种状况，让不同派别的造反派联合起来，机械局革委会响应上级指示，借口要隆重庆祝党的生日，组织了一次别开生面的革命样板戏大汇演，要求所属各厂都要排练，好坏都得来段样板戏。

曹迎霞与马龙就是在《红灯记》的彩排中，偷偷地好上的。马龙会拉二胡，因为会拉二胡，就应该算是文艺人才。钱师傅扮演李奶奶，理由更简单，我们厂女工太少，中学毕业的年轻女性更少，像俞师傅她们这一拨人，都是以后才进厂，要晚好几年。当时排练的这个《红灯记》，雷声很大雨点很小，最后只在厂里公开表演过一次，动静却相当大，专门请了戏校的一位老师来教。

曹迎霞为什么会看上马龙，俞师傅有她的猜测，李师傅有他的结论，谁也说服不了谁。马铁梅则提供了新的注解，机械局有个大学生李爱上了曹迎霞，他是干部子弟，曹迎霞不胜其烦，为了摆脱骚扰和追求，主动离开了机械局。这个大学生李不止一次来我们厂看望曹迎霞，马铁梅非常恨这个母亲的追求者，所以恨他，不是因为他疯狂地追求，而是他的这种疯狂，给曹迎霞带来了灾难性伏笔。

曹迎霞与马龙排演《红灯记》而相恋，如果不是这个戏，就算在一个厂里上班，未必会有机缘擦出火花。因为《红灯记》，三个人走得很近，曹迎霞与马龙和钱师傅的关系，也变得不同寻常。从一开始，曹迎霞就知道马龙在追求钱师傅，就知道钱师傅的家人看不上马龙。这几乎是我们厂的公开秘密，大家都在背后传说，都在议论，最初或许只是出于好奇，曹迎霞很天真地问过钱师傅，她说马龙挺不错的小伙子，你为什么会不喜欢他，为什么。

同样的话，曹迎霞也一本正经问过马龙，她想不明白钱师傅为什么会不喜欢他。马龙不知道应该如何回答，说起来，曹迎霞要比钱师傅和马龙还大两岁，但是显然更活泼更天真，也更孩子气。她觉得马龙和钱师傅挺般配，觉得家庭成分不应该成为相爱的障碍，成为两人不能在一起的理由。刚开始很可能就是个玩笑，曹迎霞特别喜欢念叨《红灯记》中的一句台词，这本来是扮演李奶奶的钱师傅应该说的，可是她始终念不好，始终不能够念得铿锵有力：

"你爹不是你的亲爹，奶奶也不是你的亲奶奶！"

钱师傅念不好这句台词，曹迎霞便越俎代庖，教她念，帮她念。她俩的关系一度十分亲密，曹迎霞去钱师傅家做客，钱师傅母亲不知怎么地就跟她说起了马龙，说这个姓马的小子，也不撒泡尿好好照照镜子，我们家女儿，怎么可能嫁给他呢。曹迎霞觉得这话太伤人，都没办法向马龙转述，私下与钱师傅讨论，说你们家怎么会这么看不上马龙，会这么在乎家庭成分，钱师傅如实回答：

"不光是嫌成分不好，我妈也嫌他家太穷。"

"穷又怎么了，"曹迎霞为马龙叹了一口气，"现在大家不都是这样，穷能穷成什么样子，富又能富成什么样子呢。"

钱师傅被说得无话可回，结果怔了一会儿，反驳了曹迎霞一句：

"你要是觉得马龙好，你干吗不嫁给他。"

4

曹迎霞与马龙婚后不久便生了马铁梅，他们匆匆忙忙结婚，很显然是未婚先孕，肚子里有了，瞒不住了。这是比较严重的生活作风问题，当时的社会风气不太能接受。没人知道其中细节，事发很突然，有点狼狈。两人结婚的消息迅速传开，听到的人大吃一惊，感到最震撼的是钱师傅，她相信肯定是个玩笑，肯定是，应该是。

结果当然不是开玩笑，众目睽睽之下，曹迎霞肚子像吹了气的篮球一天天凸起。紧接着就是生孩子，一九七〇年三月，清查"五一六"反革命阴谋集团运动开始了，轰轰烈烈。曹迎霞坐完月子，正准备上班，大家弄不明白什么叫"五一六"，都觉得这运动很遥远，与我们这不足一百人的小厂，不会有什么关系。

最初只是和几所大学有关，渐渐蔓延开了。传言也越来越多，机械局系统挖出了第一个"五一六"分子，就是那位追求过曹迎霞的大学生李，被宣布隔离审查。

大学生李在精神折磨之下崩溃，开始检举揭发，开始胡乱交代。他尽情发挥想象，说了一长串神秘兮兮的名单。这一长串名单中，曹迎霞是"五一六"分子，更是重要骨干。名单给很多人带来了灾难，当然，最直接的后果，就是造成了曹迎霞的自杀。

曹迎霞被隔离审查时，女儿马铁梅只有四个月大，还是吃奶的婴儿。她是我们厂唯一定了案的"五一六"分子，当时对她的审查很严厉，专案组希望能通过她，深挖出其他团伙人员。有那么一段时间，出于人道关怀，每天还能喂奶，马龙将女儿抱去，让专案组的人转送给曹迎霞，喂饱了再送出来。我们厂造反派人数占上风的始终都是"屁派"，曹迎霞的身份则是"好派"，她来到我们厂，更多的是与敌对阵营"屁派"的马龙和钱师傅来往，他们一起排演《红灯记》，这显然有分化和拉拢的嫌疑。

最后，曹迎霞成为派性斗争的牺牲品，我们厂与曹迎霞从未接触过的工人，只是因为参加了"好派"，也开始被怀疑被审查，被逼迫写交代材料。深挖出来的"五一六"分子越来越多，由机械局派来的专案小组，感觉到力量不够，不得不从各个工厂寻找人手。当时还是单身的钱师傅被选中了，成为曹迎霞专案小组的成员。尽管马龙和钱师傅也曾是怀疑对象，他们与曹迎霞一度走得很近，一起排演过样板戏，现在既然人手不够，也顾不上这些，不管怎么说，钱师傅还是属于"屁派"阵营，还能算是自家人。

钱师傅在专案组的任务很简单，只负责监护，不参与审讯。有一段日子，每隔两天，上晚班，可以看到钱师傅押着曹迎霞，从厂部大楼上下来倒马桶。厂部办公大楼只有三层，很简陋的一座小楼，连个公共厕所都没有。曹迎霞关在三楼最西边的小屋里，房间一隔为二，里面一小间放张小床。外面一间让看管人员休息，始终都有人在值班。押送曹迎霞去倒马桶的场面十分滑稽，要走过很长一段路，钱师傅默默跟在后面，她的打扮仿佛要去参加武斗，手上拎着一截木棍，头上戴一顶柳藤帽，走在她前面的曹迎霞，拎着沉甸甸的马桶，因为长久不见阳光，脸色苍白。

曹迎霞一开始坚决不承认，无数次审讯后，专案组负责人决定不再让她哺乳。这一招起了作用,她终于承认自己是"五一六",只承认参加了这个组织,却从未出卖过任何人。她的表现很像一个顽固不化的反动派,或者说更像一名电影上坚贞不屈的共产党员。曹迎霞曾让钱师傅给马龙传递消息,让马龙要相信她,相信她不可能是"五一六"。对钱师傅也是同样一套说辞,她坚定不移地说自己不是什么"五一六",绝不是,因此最后她承认是"五一六"的消息传开,钱师傅和马龙也惊呆了。

没人知道"五一六"分子是怎么回事,只知道这个事很严重,只知道这组织很严密。钱师傅记得曹迎霞又哭又喊,哭着呼喊革命口号,哀求着要给自己的女儿喂奶。为了能够喂奶,她对那些审问她的人保证,只要能给孩子喂奶,让她交代什么都可以,她什么都可以说。

专案组人非常愤怒,大声嚷嚷:

"曹迎霞,你一直都是他娘的不老实,我们早就有了证据,铁证如山,你说你交代什么了,绕半天,还是没说,到现在你都没承认自己是'五一六',一切都等于零!"

那几天,马龙天天抱着马铁梅过来,不让他进入,他就在大楼附近转悠,在楼道里徘徊。婴儿的哭声早就嘶哑了，但是穿透力极强。曹迎霞在里屋拼命地捶门，叫嚷，还是无济于事。最后钱师傅心软了，她实在忍受不了，自作主张跑出去，从马龙手上接过孩子，将马铁梅抱进去让曹迎霞哺乳。这件事让专案组的负责人很愤怒，他暴跳如雷，指着钱师傅的鼻子，威胁要追究她的责任。

很显然，停止哺乳让曹迎霞彻底崩溃，也就是在马铁梅中断喂奶的那几天，审讯工作有了重大突破，曹迎霞终于开始坦白交代，开始承认自己是一名十恶不赦的"五一六"分子。她变得非常冷静，专案组负责人大功告成，喜形于色。曹迎霞的冷静和审讯人员的兴奋，几乎成了钱师傅的最后记忆。马铁梅又被她抱着送进去喂了最后一次奶，然后，曹迎霞被机械局派来的人被带走了，押上一辆北京吉普，转移到不知道什么地方去了，接下来，差不多有一年时间，再也没她的任何消息。

5

一年后，抱着已会走路的马铁梅，马龙在白鹭洲公园与钱师傅悄悄见了一面。此时的他真有点惨不忍睹，胡子拉碴无精打采。看到如约而来的钱师傅，马龙也不管周围会不会有人看见，眼泪哗啦啦流了下来。钱师傅感到很意外，也很恐慌，毕竟这地方离我们厂太近，万一有熟人看见会很不好意思。马龙显然无法控制自己情绪，他迫不及待地告诉钱师傅，曹迎霞死了，他自己的爹也死了，现在，他的那个家，只剩下了他和马铁梅两个人。

曹迎霞是自杀的，具体细节，马龙也不太清楚。只知道死了，真的是死了，接到一个通知，非常正式的通知，宣布曹迎霞畏罪自杀。由于母亲早就过世，一直都是体弱多病的老父亲在照顾马铁梅。现在，他老父亲又突然没了，一次重感冒让老人家离开了人世。马龙一个人带着什么事都不懂的马铁梅，不知道应该怎么生活下去。他陷入了绝境，看不到任何希望，没有任何前途，绝望的马龙想到了自尽，想到了死，想带着马铁梅一起走，又下不了这个决心。年幼的马铁梅太无辜，他不忍心带着她一起离开这个世界。

钱师傅非常意外，不知道如何面对。马龙与曹迎霞结婚，似乎已让她永远置身于他们之外，没想到现在会变得这样尴尬。泪如泉涌的马龙做好了必死准备，他告诉钱师傅，自己要去阴间与曹迎霞相会，自杀方式都设计好了,就是要去灵谷寺,从高高的灵谷塔上跳下来。他约钱师傅见面,一心只想托孤,想求她帮着照看马铁梅。面对这一突然状况,拒绝是肯定的,钱师傅只是不知道如何拒绝。

钱师傅有个远房的表姑,结婚多年都没孩子,她不止一次听母亲说过,表姑想领养个小孩,情急之中,钱师傅决定带马龙去试试运气,看看表姑愿意不愿意领养马铁梅。结果让人大失所望,由于长年不联系,没见过面,再次见到这位表姑,表姑不仅有一个三岁的小女儿,而且肚子很大,好像又怀孕了。

托孤没成为事实,马龙放弃了自杀念头,将女儿寄养在巷口一个老太太身边,是日托,白天上班放那儿,下班再接回去。每到周日,钱师傅会去帮马龙收拾一下,帮他洗衣服,做饭,哄马铁梅玩。她母亲本来就不中意马龙,当年坚决反对,现如今已是结过婚的男人,还有个女儿,自然更不会同意他们往来,因此钱师傅所做的这一切,都瞒着自己母亲,一直都瞒着,直到实在瞒不下去。

马龙和钱师傅结婚后,曹迎霞自杀的细节,才在我们厂逐渐转开。她被带走,不仅没进一步交代,而且因为见不着女儿,变得歇斯底里,一直在哭在闹。据说她胸口永远都是湿漉漉,衣襟上始终有一大片奶渍。事实上没过多久,就吞服了一整瓶治疗脚癣的药水,剧烈的疼痛让人疯狂,她在地上打滚,哇哇乱叫,当时身边有一把可以折叠的旅行剪刀,她将剪刀打开,抵在桌上,一次次扑向桌子,在自己身上乱扎。看管的人听到动静,感觉苗头不对,进来干涉,血已流得到处都是,连忙奋力去阻止,强行夺过她手中的旅行剪刀,同时叫人去喊医生。医生还没赶到,令人更意想不到的惨剧发生了,趁看管人员疏忽,她抓起一支筷子,塞进耳洞,用力一拍。

6

马铁梅小时候经常欺负弟弟马建光,通常情况下,马龙不问不闻,钱师傅呢,总是向着马铁梅,总是要求儿子听姐姐的话。马铁梅一直觉得有两件事让她不明白,一是自己越是欺负弟弟,弟弟越是听姐姐的话。马建光高中时谈女朋友,马龙和钱师傅很紧张,怕影响高考,跟他说什么都听不进去。结果马铁梅把马建光一顿臭骂,把弟弟骂哭了,最后马建光就说,好吧,我听姐的话,不跟她玩了。

第二件事搞不明白,钱师傅一点不像想象中的后妈,把马铁梅照顾得无微不至。马铁梅曾经也很叛逆,初中时早恋,喜欢上一个又矮又矬的小男生。那段日子,钱师傅又急又担心,是真的急,是真的担心,她像影子一样跟踪,像特务似的盯梢。马铁梅非常恼火,对钱师傅说,你又不是我亲妈,我的事你能不能不管,能不能不过问。马铁梅被小男生甩了,跟钱师傅哭诉,钱师傅说,傻丫头,你不知道你爸跟我有多高兴,那小子长那么丑,又那么矮,他根本配不上你。马铁梅说,我就为这个恨他,长成那样,他还把我给甩了。

马铁梅对钱师傅很依赖,在成长岁月里,她一次次向钱师傅哭诉,不是因为失恋,就是因为快失恋,不是甩人家,就是别人甩她。钱师傅一直都是她的倾诉对象,有一段时间,经历了一次次失败,她告诉钱师傅,很怀疑自己是同性恋。插足李忠胜的婚姻后,有一次,她很认真地问钱师傅,说你们当年到底怎么回事,究竟是怎么演的《红灯记》,你们会怎么演呢,你怎么能演李奶奶,我爸就那傻样,他还演李玉和。马铁梅说我知道你们关系有点乱,对了,那时候你是不是特别恨曹迎霞,人家都说她是第三者,说你和爸爸都快结婚,她在你们中间插了一杠子。

钱师傅说，你别听人瞎说，不是这样。

钱师傅很严肃地说，我从没恨过你妈，我从没恨过曹迎霞。

二〇一九年五月二十一日　三汊河

后　记

二〇〇九年九月二十日，将短篇按写作时间，编辑三卷交出版社，写过一段后记。时光流逝，转眼十年辛苦，其间未结集的短篇小说，又能编辑一卷。重读后记，发现当年的感慨，可以再来一遍：

> 最初的小说写在台历背面，如今回想，很有些行为艺术，仿佛在玩酷。记得是方之先生教唆，他听我说了一个故事，瞪大眼睛说："快写下来，这很有意思。"受他鼓励，我开始不自量力，撕下几张过期台历，就在纸片的背面胡涂乱抹，还没写完，方之迫不及待要去看，一边看，一边笑着说不错。
>
> 三十年前，方之是江苏最好的作家，今天再提起，知道的人已经不多，必须加些注解和说明，譬如英年早逝，譬如曾获得全国短篇小说奖，譬

如当代作家韩东的爹。他是父亲最铁的难兄难弟,他们一起被打成右派,要不是这位父执,我也许根本不会成为一个小说家。

说到方之的影响,最明显不过是两件事,一是想写立刻就写出来,不要再犹豫,一是要挑剔,看看别人还有什么不足。记得方之当年经常挑剔得奖的小说,总是喋喋不休,他是个仁慈的长辈,又是一位很有脾气的作家。从一开始,我脑子里就积累了许多不是,就有许多不应该,就一直在想,不能这么写不能那么写。如果你要想写小说,首先要做的便是和别人不一样,世界上有很多好的短篇大师,后人所能努力的方向,就是必须与那些好的小说家们不一样。

转益多师无别语,心胸万古拓须开,单纯模仿很搞笑,以某位好小说家为好坏标准,罢黜百家独尊儒术,也很搞笑。短篇小说说白了,就是考虑不能怎么写,就是考虑还能怎么写。这是一枚硬币的正反两面,又好比鸟的两个翅膀,只要扇动了,就可以在高空自由翱翔。

小说是时间艺术,岁月留下的验证痕迹,无论描写之实际内容,还是创作之特定年代,时间都会显得至关重要。和很多从事创作的人一样,我的起步也是从短篇开始,换句话说,因为写了短篇小说,才成为一个作家。事实上,自己的所谓文学之路,一直都在悄悄努力尝试,都在琢磨,怎么才能写好,怎么才能不一样。写完一篇,内心深处便忐忑,毕竟短篇这玩意儿,最容易检验一个作家的好坏。

不多说了,谢谢能够读到以上文字的读者。

二〇一九年九月七日　三汊河